Das Buch

Wer kennt sie nicht, diese Geschichte vom Schriftsteller Hans Pfeiffer, der – obwohl bereits promoviert – die Freuden und Leiden eines Oberprimaners an einem kleinen Gymnasium kennenlernen will, nachdem er seinerzeit nur von einem Hauslehrer unterrichtet worden war und eine richtige Schulklasse nur aus Büchern kannte? Wer erinnert sich nicht an den spitzbärtigen und spitzbäuchigen Professor Crey mit der seltsamen Aussprache: »Pfeiffer, Sä send etwas albern«? Spoerls Roman, mit Heinz Rühmann auch verfilmt, ist zum Klassiker der heiteren Unterhaltungsliteratur geworden.

Der Autor

Heinrich Spoerl, am 8. Februar 1887 in Düsseldorf geboren, studierte Jura und wurde 1919 Rechtsanwalt. Sehr viel später begann er aus Liebhaberei zu schreiben. Seit 1937 lebte er als freier Schriftsteller in Berlin, seit 1941 in Rottach-Egern, wo er am 25. August 1955 starb. Werke u. a.: ›Wenn wir alle Engel wären‹ (1936), ›Der Maulkorb‹ (1936), ›Man kann ruhig darüber sprechen‹ (1937), ›Der Gasmann‹ (1940), ›Die Hochzeitsreise‹ (1946).

dtv großdruck

Heinrich Spoerl:
Die Feuerzangenbowle
Eine Lausbüberei in der Kleinstadt

Deutscher
Taschenbuch
Verlag

dtv

Dieses Buch liegt auch im Normaldruck als Band 951
im Deutschen Taschenbuch Verlag vor.

Von Heinrich Spoerl sind außerdem erschienen:
Wenn wir alle Engel wären (251)
Der Maulkorb (299; auch als dtv großdruck 2505)
Der Gasmann (346; auch als dtv großdruck 2539)

Ungekürzte Ausgabe
1. Auflage September 1984
2. Auflage Juli 1986: 11. bis 16. Tausend
Deutscher Taschenbuch Verlag GmbH & Co. KG,
München

Umschlaggestaltung: Celestino Piatti unter Verwendung eines Filmfotos aus dem Jahre 1944 (Deutsches Institut für Filmkunde, Frankfurt am Main)
Gesamtherstellung: C. H. Beck'sche Buchdruckerei,
Nördlingen
Printed in Germany · ISBN 3-423-02563-8

Dieser Roman ist ein Loblied auf die Schule, aber es ist möglich, daß die Schule es nicht merkt.

Eine blutrote, dampfende Flüssigkeit.

Männer hocken um sie herum.

Der eine, der Älteste, hat in eiserner Zange einen dicken, kristallweißen Klumpen und hält ihn über das Gefäß.

Der zweite hat eine verstaubte Flasche in der Hand und gießt eine helle Flüssigkeit über den Klumpen.

Der dritte setzt ihn in Brand. Eine gespenstische blaue Flamme züngelt hoch. Der weiße Klumpen knistert und fängt an zu schmelzen; dicke, zähe Tropfen lösen sich und fallen zischend in die rote Flut. Und ein leiser, betäubender Dunst zieht durch den Raum, steigt ins Gehirn.

Der vierte rückt die Gläser zurecht, der fünfte öffnet eine Kiste Brasilzigarren. Der sechste rührt das Gebräu.

Der siebente, der Jüngste, darf einschenken.

Geheimrat Fröbel erhebt sich.

»Wir haben heute nachmittag unsern lieben, guten Pavian begraben. – Bitte lachen Sie nicht, meine Herren. Der Pavian hieß eigentlich Schmitz und war unser alter Lateinlehrer. Er hat uns mit Cäsar und Horaz gefüttert, wir haben ihm dafür Maikäfer mit in die Klasse gebracht oder die Tafel mit Fett eingerieben – kennen Sie das nicht? Das ist herrlich: Eine Tafel, die es nicht tut, die sich in schwarzes Schweigen hüllt. – Jetzt hat er seine wohlverdiente Ruhe und keine bösen Buben mehr, die ihn quälen. Hoffentlich fehlt es ihm da oben nicht. Auf sein Wohl!«

Die schweren, dampfenden Gläser klacken aneinander. Der Ventilator surrt, die Kerzen flakkern; Rauchwolken ziehen über den Tisch.

»Auf sein Wohl!«

»Übrigens, was das anlangt; er war keiner von denen, die hineinspuckten. Das kann ihm keiner nachsagen. Montags war er manchmal etwas müde; dann schlich er aufs Katheder, ließ uns irgendwas schreiben, nahm den Kopf zwischen die Hände und pennte. Aber wir Schwefelbande hatten dafür kein Verständnis, eines Tages haben wir uns verschworen und sind roh und herzlos einer nach dem andern ausgekniffen. Als er wach wurde, saß er vor leeren Bänken. – Meine Herren, Sie lachen zu früh. Die Sache endet tragisch, unser Pavian hat sich den Fall zu Herzen genommen, ist ein paar Tage nicht zur Schule gekommen – und hat sich das Saufen abgewöhnt.«

»Wir hatten auch so eine komische Kruke«, mischt sich der Justizrat ein, »der hatte nie ein Taschentuch und putzte sich seine Brille mit der Zunge ab. Als das einer von uns mal nachmachte, wurde er furchtbar böse und ließ uns einen Aufsatz schreiben über das Thema: Quod licet Jovi, non licet bovi.«

»Wir hatten einen, das war ein mißtrauisches Luder. Er ließ die Klasse nicht eine Sekunde aus den Augen, er kam sich vor wie ein Dompteur vor seinen Raubtieren. Sogar wenn er etwas an die Tafel schrieb, behielt er Front zu uns und schrieb mit seitlich ausgestrecktem Arm. Bei dem war nicht viel zu machen. Aber einmal haben wir ihn drangekriegt. Wir hatten uns verabredet und stierten die ganze Stunde unentwegt auf den Klassenschrank. Erst nahm er keine Notiz davon, er guckte nur von Zeit zu Zeit mißtrauisch nach dem Schrank hinüber, konnte aber nichts entdecken. Allmählich wurde er nervös, manövrierte sich unauffällig an den Schrank heran; es war nichts zu sehen. Schließlich wurde ihm die Sache unheimlich; vielleicht vermutete er eine Höllenmaschine. Blitzschnell riß er die Schranktür auf: Nichts. Ließ den Schrank ausräumen: Nichts.«

»Und was war mit dem Schrank?« fragt harmlos Dr. Pfeiffer.

Ein dröhnendes Gelächter war die Antwort.

Warum sind Lehrer Originale? Die Frage wird

aufgeworfen und beantwortet: Erstens sind sie gar keine, die Phantasie der Jungen und die Übertreibung der Fama macht sie dazu. Zweitens müssen sie Originale sein. Kein Mensch, kein Vorgesetzter ist so unerbittlich den Augen einer spottlustigen und unbarmherzigen Menge ausgesetzt wie der Magister vor der Klasse. In dem Bestreben, seine Würde zu wahren und sich keine Blöße zu geben, wird er verbogen und verschroben. Oder er stumpft ab und läßt sich gehen.

»Wie zum Beispiel unser Mathematiker«, fügt der alte Etzel ein. »Er kam meistens halbangezogen in die Klasse. Einmal ohne Schlips, einmal mit verschiedenen Schuhen, manchmal auch ungenügend zugeknöpft. Wir feixten und hielten das Maul. Und ihm war es Wurst.«

»Wir hatten einen in Gesang, der hatte den merkwürdigen Ehrgeiz, uns bei jeder Schulfeier mit einem unendlichen Klaviervortrag zu beglükken. Einmal, zu Kaisers Geburtstag, legte er los mit der Pathétique. Die Aula ist mäuschenstill. ›Pirr-pirr‹, macht der Flügel; ›pirr-pirr, pirr-pirr-pirr‹. Es klang keineswegs pathetisch.«

»Ah, da habt ihr eine Kette über die Saiten gelegt? Es geht auch mit Seidenpapier. Wir haben mal –«

»Kennen Sie das: Wenn man Kreide in die Tinte tut, dann schäumt das über und gibt eine grandiose Schweinerei.«

»Wir haben mal einen nassen Schwamm auf den Kathederstuhl gelegt. Unser alter Heimendahl war außer sich über seine nasse Hose.«

Eine zweite Frage wird aufgeworfen: Warum quält man die Magister? Aus Bosheit, Notwehr, Langeweile, Unverstand, Instinkt? Der alte Etzel hat die Antwort: Weil es Spaß gibt.

Es gibt sogar heute noch Spaß, wenn man nur davon erzählt. Und unsere Lehrer haben es mit ihren Lehrern ja auch so gemacht.

Jetzt sind sie wieder im Zuge. Jeder hat einen Beitrag, über den er selbst am meisten lacht, und jeder weiß noch etwas Schöneres und nimmt dem anderen das Wort aus dem Mund. Am liebsten möchten sie alle gleichzeitig erzählen. Sie freuen sich wie die Schulbuben, die würdigen Herren, von denen jeder sein halbes Jahrhundert auf dem Rücken hat. Sie lachen, daß ihnen die Tränen über die Backen kullern und die große Bowle sanfte Wellen schlägt.

Rauchschwaden ziehen durch den Raum; der Ventilator surrt; die Kerzen flackern. Der Küfer drückt sich im Hintergrund herum und wundert sich.

»Träumen Sie auch schon mal von der Schule?«

Oh, das taten sie alle. Besonders die Älteren.

»Vor kurzem habe ich geträumt, ich ging mit meinem Jungen zusammen aufs Pennal. Aber nur zum Spaß. Ich hatte natürlich keinen Schimmer mehr; der Bengel mußte mir alles vorsagen. Ich hatte aber auch keine Angst; wenn es brenzlig wurde, brauchte ich nur aufzustehen und zu sagen: Was wollt ihr überhaupt? Ich bin nur aus Jux hier. Ich habe doch längst mein Abitur.«

»Ich träume immer nur, ich hätte mein Geschichtsbuch vergessen. Besonders dann, wenn ich abends schwer gegessen habe.«

»Sie Kümmerling. Ich hatte überhaupt nie die Bücher. Das Geld war mir zu schade; das wurde versoffen. Und wenn dann mal –«

»Habe ich Ihnen das schon erzählt? Es war der 1. April, da hat sich einer von uns –«

»Bei uns war immer April!«

»Wir hatten einen –«

»Wir haben mal –«

Sie gönnen sich gegenseitig nichts. Sie übertrumpfen sich; Dichtung und Wahrheit flossen ineinander. Und die sechs Herren, Väter studierender Söhne und verheirateter Töchter, verjüngten sich zusehends.

Längst war der Küfer geflüchtet. Auch der Wirt hatte sich taktvoll verzogen. Jeden Augenblick mußte man darauf gefaßt sein, daß die entfesselten Herren anfingen, sich mit Papierkugeln zu bewerfen oder in die Beine zu piecken.

Nur einer sitzt trübselig guckend dabei. Es ist Dr. Hans Pfeiffer, der Benjamin der Gesellschaft. Er hat als junger Schriftsteller bereits einen großen

Namen; der alte Etzel hat seine ersten Bücher finanziert, um die sich heute die Verleger reißen. Seine humoristischen Schriften sind weltberühmt, und mit den alten Herren kam er sonst prächtig zurecht.

Aber heute kommt er nicht mit. Er versteht nicht, was sie erzählen, begreift nicht, worüber sie lachen, er findet das alles ein wenig albern. Denn was ein richtiges Pennal ist, das weiß er nur aus Büchern, die es nicht gibt. Er selbst ist nie auf einem Gymnasium gewesen. Zum Abitur wurde er auf dem Gute seines Vaters von einem alten Hauslehrer vorbereitet, und mit dem konnte man keinen Fez machen, weil er ein so armes Luder war.

Hans Pfeiffer ist ganz niedergeschlagen und voll Neid. Es muß doch etwas Herrliches sein, so ein Pennal mit richtigen Magistern, richtigen Klassen und richtigen Kameraden. Mit seinen vierundzwanzig Jahren kommt er sich gegen die älteren Herrschaften wie ein Greis vor.

Und jetzt fangen sie auch noch an, ihn zu bedauern.

»Ach, Sie haben ja keine Ahnung, Pfeiffer.«

»Im Ernst, Pfeiffer, da haben Sie was versäumt. Das Schönste vom Leben haben Sie nicht mitgekriegt.«

»Weiß Gott, das Schönste vom Leben! Und das können Sie auch nicht mehr nachholen. Prost Pfeiffer!«

Das kann er nicht mehr nachholen.

Die Feuerzangenbowle fängt an, kalt zu werden. Man redet zu viel und trinkt zu wenig. Pfeiffer schenkt ein. Die Brasilkiste geht rund.

Plötzlich schwirrt ein Gedanke durch den Raum. Ein kleiner, dummer Gedanke. Man weiß nicht, wer ihn aufgebracht, von wannen er kommt. Vielleicht aus der Feuerzangenbowle. Es ist auch nur ein Scherz, ein fauler Witz. Aber er ist da. Hakt sich in den Köpfen fest und läßt nicht mehr locker.

Man lacht darüber und schüttelt den Kopf; dann spricht man wieder von etwas anderem. Aber immer wieder taucht dieser Gedanke auf und ist nicht mehr umzubringen.

»Wie wär's, Pfeiffer, haben Sie Mut?«

Wozu Mut? Was kann ihm schon passieren? Er kann jeden Tag wieder gehen, wenn es ihm nicht mehr paßt. Oder läßt sich hinausschmeißen, wenn er es zu bunt treibt. Sein Abitur hat er ja.

»Pfeiffer hat Bedenken. Gewiß, es wird ein famoser Jux, vielleicht auch Stoff zu einem Roman oder Film. Und das Abenteuer reizt ihn gewaltig, ihn, den geheimen Romantiker. Aber ...

Kein Aber! Von allen Seiten stürmen sie auf ihn ein.

»Gewiß, Pfeiffer, Ihren Benz können Sie nicht mitnehmen.«

»Auch Ihre Marion nicht.«

»Und ein paar Monate ohne jeglichen Lebenswandel müssen Sie schon überstehen.«

Sie besprechen bereits die Einzelheiten, die Technik. Er sieht ja noch ziemlich jung aus; man kann auch nachhelfen. Die ganze Tafelrunde ist eine Begeisterung.

Der Ventilator surrt. Die Kerzen flackern. Rauchschwaden ziehen um die erhitzten Köpfe. In zweiter, vermehrter und verbesserter Auflage steigt die Feuerzangenbowle.

»Auf Ihr Wohl, Pfeiffer!«

»Wann geht's los?«

»Verdammt! Man möchte mitfahren.«

»Mensch! Ermorden könnte ich Sie!«

Wieder klacken die schweren Gläser aneinander, werden nachgefüllt, klacken abermals.

Und langsam, aber sicher tut die Feuerzangenbowle ihre Schuldigkeit.

Eine Feuerzangenbowle hat es in sich. Nicht wegen des Katers; das ist eine Sache für sich. Eine Feuerzangenbowle ist keine Bowle. Sie ist ein Mitteldung zwischen Gesöff unf Hexerei. Bier sackt in die Beine. Wein legt sich auf die Zunge, Schnaps kriecht ins Gehirn. Eine Feuerzangenbowle aber geht ans Gemüt. Weich und warm hüllt sie die Seelen ein, nimmt die Erdenschwere hinweg und löst alles auf in Dunst und Nebel.

Aber der Gedanke blieb. Die Idee siegte. Und ein Wunschtraum wird zur Tat.

Es waren einige Vorbereitungen zu treffen. Zunächst zum Friseur. »Schnurrbart abnehmen und Haare schneiden, hinten kurz und vorne zwei Zentimeter.«

»– – Wie, bitte?«

Dann zum Konfektionshaus. »Zwei Anzüge von der Stange. Jünglingsmodell, außerdem Hosen und Ärmel kürzen.«

»– – Wie, bitte?«

Dann zum Optiker. Die Schildpattbrille wird durch ein trauriges Nickelgestell ersetzt.

Nun die Papiere, Geburtsschein, Taufschein, Impfschein und telegraphisch die Schulbücher. Er hat vom Abitur noch viel behalten; die Aufnahmeprüfung für Prima wird er schon schaffen.

Dann gepackt. Jeglicher Luxus wird verworfen. Ade, ihr Hemden aus Schantungseide! Ade, ihr englischen Socken, Lavendelsalz und Importen! Ade, Berlin WW mit Smoking, Frack und Pumps! Ade, Papierkorb, Majolikaschalen und ihr anderen kunstgewerblichen Gebilde!

Und ade, Marion!

Das Schwerste hatte er sich für zuletzt aufgespart. Marion war seine richtige Braut. Wenn man vier Jahre älter ist als der berühmte und preisgekrönte Bräutigam, und wenn man an den Vereinigten Werkstätten für Vaterländische Heimkunst arbeitet, dann ist man schon eine richtige Braut, eine seriöse Braut.

Schon einmal hatte sie ihm eine Reise verpatzt, damals, als ihn sein Verlag an den Nil schickte und sie durchaus mitfahren wollte. Ob sie jetzt auch –?

Als er daran dachte, ließ er das Auto kehrtmachen. Lieber telephonieren. Das war ungefährlicher.

»Ach, Hans, bist du da?«

Als er ihre ernste Stimme hörte, war es mit ihm vorbei.

»Ja – nein, ich bin es nicht.« Hing ein. Nicht einmal telephonisch reichte sein Mut. Lieber schreiben.

Er fing an, warf den Bogen weg, fing von neuem an, warf ihn wieder weg. Als das Briefpapier zu Ende war, entschloß er sich, auf jeglichen Abschied zu verzichten. Das mit seiner Braut würde der alte Etzel schon in Ordnung bringen.

Endlich saß er im Zug. Nun konnte nichts mehr passieren. Im beschleunigten Personenzug nach Babenberg.

Bellebemm – bellebemm – bellebemm – bellebemm – bemm – bemm.

Da steht nun Hans Pfeiffer auf dem weiten Schulhof und hört zum ersten Male den blechernen Ton des Armsünderglöckchens, das bis auf weiteres den Rhythmus seines Lebens bestimmen wird.

Seine Oberlippe ist rasiert; auf dem blassen Gesicht sitzt kalt und fremd die Nickelbrille. Der Jünglingsanzug ist zu eng in Brust und Schultern und kneift unter den Armen. Hinten über dem niedrigen Rockkragen lugt das Kragenknöpfchen hervor. Und aus den gekürzten Ärmeln stehen überlebensgroß die Handgelenke. Er sieht richtig drausgewachsen aus. Nur die funkelnagelneue Pennälermütze ist etwas zu groß und sitzt ungemütlich und steif wie die Dienstmütze eines Stationsvorstehers auf dem bürstenförmig gestutzten Haar.

Hans Pfeiffer steht einsam herum und ist sichtlich enttäuscht. Das hatte er sich aber ganz anders vorgestellt. Gewiß war er hier nicht mehr Berlins gefeierter Schriftsteller; immerhin aber war er doch der neue Schüler und für das Babenberger Gymnasium die große Sensation. Bildete er sich ein. Jetzt mußten doch alle im dichten Kreise um ihn herumstehen, ihn begaffen, bestaunen, ausfragen. Er hatte sich sorgfältig zurechtgedacht, was er ihnen alles erzählen wollte.

Aber leider fragt ihn niemand. Leider beachtet ihn niemand. Sie tun so, als wäre er gar nicht da.

Das hatte er sich wirklich ganz anders vorgestellt.

Inzwischen haben die kleineren Jungen ihre Balgereien unterbrochen und wimmeln kolonnenweise in die Türen. Die großen schlenkern gemächlich hinterdrein. Nur die Lehrer gehen auf und ab. Für sie gilt erst das zweite Glockenzeichen.

Ob es nicht doch besser wäre, noch rechtzeitig umzukehren und auf die Folgen der Feuerzangenbowle zu verzichten?

Aber der Strom nimmt ihn auf, und ehe er es weiß, ist er schon im Klassenzimmer.

Zum ersten Mal sieht er einen solchen Raum von innen. Da sind die drei großen, sachlichen Fenster, in der unteren Hälfte mit Milchglas gedeckt, damit niemand hinausschaut – oder hereinblickt. Da sind die Schulbänke in zwei Reihen aufmarschiert, in der Mitte einen Gang lassend. In respektvollem Abstand davor ragt das hohe, engbrüstige Katheder, darüber der Alte Fritz in Gips. In der einen Ecke der Ofen mit einem schiefen Rohr und einem mächtigen Kohlenbecken; davor die große Schultafel, auf der noch Stücke der letzten Algebrastunde vor den Ferien stehen. In der anderen Ecke der große, eintürige Klassenschrank und unter dem ersten Fenster die Papierkiste. Ringsherum kahle Wände in grüngrauer Ölfarbe, verziert durch ein Thermometer und einige Tintenspritzer. Alles etwas verbraucht, etwas angestaubt, und vor allem unsagbar nüchtern.

Über Nichtbeachtung kann sich Hans Pfeiffer jetzt nicht mehr beklagen. Er steht verlegen an der Wand herum und fühlt vierzehn Augenpaare, die an ihm herumgucken, ihn abtaxieren. Einige feindselig, die meisten mit einer spöttischen Überlegenheit. Hihi, der Neue! Wie sieht denn der aus?

Hans Pfeiffer fühlt, er hat sich doch etwas zu stark verpennälert. Die genähte Krawatte – der harte, etwas zu weite Kragen – der im Wachstum zurückgebliebene Rock – das hochstehende Bürstenhaar – er sieht aus, wie aus den Fliegenden Blättern entlaufen. Es ist Lärm in der Klasse, aber Hans Pfeiffer versteht nirgendwo ein Wort; offensichtlich reden sie über ihn. Ihm ist, als höre er zwischendurch leises Gelächter. Hans Pfeiffer fühlt, wie er rot wird. Er kommt sich vor wie auf der Bühne; er hat plötzlich zwanzig Arme und weiß nicht, wohin er blicken soll. Er weiß auch nicht, ob er stehenbleiben oder sich auf irgendeinen leeren Platz setzen muß. Wenn er nur schon wieder draußen wäre! Er könnte ja so tun, als hätte er sich verlaufen.

Da erheben sich plötzlich die Schüler. Der Lärm bricht ab. Einer macht die Türe zu. Professor Crey ist eingetreten.

»Sätzen Sä sech!«

Hans Pfeiffer weiß nicht recht, ob er jetzt vortreten soll.

»Sä sollen sech sätzen!«

Hans Pfeiffer drückt sich in einen leeren Platz. Da sitzt er nun und weiß nicht, wie er sich als Schüler zu benehmen hat. Er lugt verstohlen nach rechts und nach links – muß man die Arme in bestimmter Weise legen – offenbar nicht – darf man die Beine übereinanderschlagen? – Er kommt sich vor wie jemand, der sich in die Kirche einer fremden Konfession geschlichen hat und alle Zeremonien mitmachen möchte, um nicht aufzufallen.

Inzwischen hat Professor Crey ihn bemerkt.

»Sä send der neue Schöler?«

Aber warum spricht er durch die Nase? Und warum sagt er »Schöler«?

»Ech heiße Sä em Namen onserer Lehranstalt ond em Namen der Oberprema herzlech willkommen. Ech hoffe, Sä werden sech recht wohl bei uns föhlen. Sätzen Sä sech da vorne, da kann ech Sä besser beobachten. – Sä heißen?«

»Pfeiffer, Johann.«

»Met einem oder met zwei äff?«

»Mit drei, Herr Professor.«

»? ?«

»Eins vor dem ei und zwei hinter dem ei.«

Die Klasse gluckst. Professor Crey aber sieht ihn mitleidig an.

»Sä send etwas albern. Sä waren noch auf keiner Anstalt? Das spört man. Sä werden sech an strenge Scholzocht gewöhnen mössen.«

Im Anschluß daran hält er einen Vortrag über die von ihm befolgten Grundsätze klassischer Pädagogik, die in dem Satz gipfelt: »Met der Schole est es wie met einer Medizin – sä moß better schmekken, sonst nötzt sä nechts.«

Hans Pfeiffer hat sich langsam wieder gesetzt. Er hat nun Muße, seinen dicht vor ihm stehenden Lehrherrn aus der Froschperspektive des sitzenden Schülers näher zu inspizieren. Ganz dicht vor seiner Nase wölbt sich ein graziöser Spitzbauch, von einer blütenweißen Pikeeweste überzogen und garniert mit einer kompliziert geschlungenen goldenen Uhrkette. Weiter oben kommt die taubengraue, kunstvoll gebauschte Krawatte mit einer offensichtlich echten Perle und im Anschluß daran ein gepflegtes rosiges Gesicht, das sich vergeblich bemüht, seine Gutmütigkeit hinter einem steilen Spitzbart und einem hochgewölbten Zwicker zu verbergen. Aus der äußeren Brusttasche des tadellosen mausgrauen Taillenrockes aber flutet ein mächtiges elfenbeinfarbenes Seidentuch, das häufiger als notwendig zum Betupfen des Gesichtes und der Nase verwendet wird.

Das Merkwürdigste allerdings war die Aussprache. Darüber kam Hans Pfeiffer nicht hinweg. Imitiert der Mann wirklich den Professor Heinzerling aus Ecksteins ›Besuch im Karzer‹? Oder will er nur seiner Stimme einen volleren Ton geben?

Inzwischen ist Professor Crey zum Ausgang seiner Betrachtung zurückgekehrt und spricht abermals von der »strängen Scholzocht« – da macht es plötzlich »päng«: Ein wohlgezieltes nasses Papierkügelchen ist dem Pädagogen an die Stirn geknallt.

Diese Freveltat wäre nicht erfolgt, wenn man sich vor dem Neuen nicht hätte aufspielen wollen.

»Wär est das gewäsen?«

Übrigens war es der erste Vormittag nach den Osterferien.

»Wär est das gewäsen?«

Selten ist es in einer Klasse so still wie bei derartigen rhetorischen Fragen.

»Aus welcher Rechtung est das gekommen?«

Von den vorderen Bänken schreit es: »Von hinten!« Die hinten Sitzenden brüllen: »Von vorn!«

Einige verdächtigen das offenstehende Fenster. Die Meinungen sind durchaus geteilt.

Da erhebt sich der lange Rosen, der Nachbar von Pfeiffers Hintermann: »Herr Professor, fragen Sie doch mal den Luck.«

Wie ein Pfeil schießt der kleine Luck in die Höhe. Er ist leichenblaß und kann vor Entrüstung nichts sagen.

»Rosen, haben Sä gesähen, daß das der Lock gewäsen est?«

»Ich habe nur gesagt, Sie möchten ihn fragen. Der ist so klug, der weiß doch immer alles.«

Die Klasse quietscht. Aber Professor Crey ist traurig. »Rosen, Sä send albern. Ehnen fählt die settliche Reife.«

Aber dann kommt Crey auf den Gedanken, das Papierkügelchen auseinanderzufalten und sorgfältig zu untersuchen. Ein listiges Lächeln geht über sein Gesicht. »Das Stöck Papier est aus einem Scholheft geressen. Zeigen Sä Ehre Hefte!«

Die ersehnte Untersuchung beginnt. Es sind vierzehn Schüler, mit Hans fünfzehn. Jeder hat fünf Hefte. Jedes Heft hat vierundzwanzig Seiten. Als Crey beim elften Schüler angelangt ist, ertönt das ersehnte Bellebemm – bellebemm – bellebemm. Die symbolische Handlung ist zu Ende.

»För die nächste Stonde wederholen Sä, was wir heute durchgenommen haben.«

Während er hinausschreitet, schießt ihm zum Abschied noch eine Papierkugel nach. Sie saust einen Zentimeter über seinen Kopf hinweg. Den Luftzug muß er gespürt haben.

Hans Pfeiffer ist begeistert. Daß es so was noch gibt!

Er wurde sogar mutig und bahnte mit Ernst Husemann, seinem Banknachbarn, ein Gespräch an.

»Bitte sehr, was hatten wir eigentlich eben?«

»Geschichte.«

»Aha. Und das war wohl unser Ordinarius?«

»Ja. Das ist der Schnauz.«

»Danke schön.«

Also das war der Schnauz.

In der nächsten Stunde lernte Hans das genaue Gegenstück kennen. Ein kleiner, forscher Herr kommt hereinmarschiert. Bleibt vor dem Schüler stehen. Strammt sich vor ihm auf. Scharrt etwas.

»Wie bitte?« fragt Hans mit gutgespielter Schüchternheit.

»Brett ist mein Name.«

Pfeiffer reißt sich zusammen und stellt sich ebenfalls vor. Beinahe hätte er »Doktor Pfeiffer« gesagt.

Brett pflanzt sich vor der Klasse auf. Kommandiert:

»Aufstehn! Aus den Bänken treten! Achtung! Arme – beugt! Arme – streckt! Knie – beugt! Knie – streckt!«

Er hat das Fenster geöffnet und macht mit dem Rücken zur Klasse die Übung vor. Er machte das täglich mit seinen Schülern. Wenigstens bildete er sich das ein. Die Klasse dachte nämlich gar nicht daran mitzumachen. Lässig lehnten die Jungen in den Bänken und betrachteten grinsend ihren Lehrer, wie er turnte, daß die Gelenke krachten.

»Arme – streckt! Arme – beugt! Hüften – rollt!«

Auch Hans Pfeiffer, der anfangs mitgetan hatte, läßt es bald sein und wundert sich, warum die anderen so ernst bleiben. Offenbar sind sie diese ungewollten Solodarbietungen ihres Erziehers gewohnt.

Nur der kleine Luck turnt mit. Es ist rührend, wie er die schmächtigen Arme schleudert, sich vor- und rückwärts beugt. Er erregt aber dadurch mitnichten das Wohlwollen seiner Kameraden. Jedesmal, wenn er sich nach vorne beugt, zwickt ihn der Theo Schrenk in den hierfür besonders geeigneten Körperteil. Der kleine Luck scheint es für selbstverständlich zu halten.

Dr. Brett ist fertig. Er wendet sich triumphierend zur Klasse. Er strahlt. Und konstatiert: »So, jetzt sehen Sie schon ganz anders aus. Wie neugeboren. Mens sana in corpore sano! – Warum lachen Sie?«

Hans Pfeiffer sucht krampfhaft nach einer Ausrede: »Ach – ich muß eben an einen Witz denken, den Herr Professor Schnauz erzählt hat.«

Die Klasse freut sich unbändig. Dr. Brett verzieht keine Miene. Hans blickt mit scheinheiligem Erstaunen um sich:

»Ich bin erst seit heute hier. Ich kann doch nicht wissen, wie Herr Professor Crey richtig heißt.«

Brett überhört alles das. »Was war das für ein Witz? Erzählen Sie. Ganz schnell bitte. Ich werde beweisen, daß es kein Witz war, sondern eine Ausrede.«

Bums, sitzt Hans Pfeiffer fest. Er soll ganz schnell einen Witz erzählen. Natürlich fällt ihm keiner ein. Folglich muß er einen erfinden. Dafür ist man ja Schriftsteller.

»Ich weiß aber nicht, ob er geeignet ist, und ob er gut ist.«

»Wenn Kollege Crey ihn erzählt, ist er gut und geeignet. Also bitte!«

»Tja, also – es war einmal ein Mann. Und dieser Mann hatte drei Söhne.«

»Weiter!«

»Der erste Sohn war entsetzlich dumm. Der zweite war so mittel. Und der dritte war phantastisch begabt.«

»Weiter!«

»Ja, und die mußten doch nun alle drei etwas werden. Der erste, der Dumme, wurde Schafhirt. Der zweite, der mittelmäßig Begabte, wurde – Trichinenbeschauer.«

»Und der dritte?«

»Der dritte? Der ist Oberlehrer geworden.«

»So? – Und wo steckt da der Witz?«

»Das habe ich auch erst später gemerkt, daß das ein Witz ist.«

Einen Augenblick Totenstille. Dann dröhnt die Klasse los. Dr. Brett lacht laut mit. Dann zwingt er sich zum Ernst. Und schaut dem neuen Schüler scharf in die Augen:

»Die Geschichte ist noch nicht zu Ende. Nach ein paar Jahren begab sich der Oberlehrer zu seinem Bruder, dem Schafhirten, und sagte: Du, wir wollen tauschen. Ich möchte lieber Schafe hüten.«

Diesmal lachte die Klasse nicht, und Hans hielt es für geraten, sich bescheiden auf seinen Sitz zu klemmen.

»Bleiben Sie stehen, Pfeiffer. Zeigen Sie Ihren Kameraden, daß Sie nicht nur Witze erfinden können, sondern auch etwas von sphärischer Trigonometrie verstehen.«

Hans muß an die große schwarze Tafel und der Klasse etwas vorrechnen. Er reißt sich gewaltig zusammen. Er fühlt, wie seine vierzehn Kameraden fieberhaft aufpassen und sich schon im voraus auf den Reinfall freuen. Vielleicht ist es nur gewöhnliche Schadenfreude. Vielleicht sind sie auch schon ein bißchen neidisch auf ihn. Er wird unsicher. Es geht ums Ganze; dessen ist er sich bewußt. Der Neue kann nichts. Nein, der Neue kann nichts? Oho, der Neue kann wohl was.

Studienrat Brett fühlt mit ihm. Unmerklich hilft er. Er wittert jedes leichte Schwanken, jede Unklarheit. Er springt dazwischen mit harmlosen, doch sorgfältig überlegten Fragen, und so steuert er gewissermaßen aus dem Hintergrund die Lösung der Aufgabe immer wieder in die richtige Bahn.

Hans ist fertig. Voller Stolz hält er Umschau. Dreizehn Schüler heucheln Gleichgültigkeit und blicken in die Luft oder in die Bücher. Der kleine Luck beißt sich aufgeregt die Unterlippe und freut sich mit Hans.

Auch Dr. Brett lächelt den Neuen an.

Große Pause. Das Läuten der Glocke wird vom Primaner Ackermann besorgt, der auch noch einen zweiten Vertrauensposten innehat: Er darf die Milch austeilen; die meisten Schüler haben ihren halben Liter abonniert. Direktor Knauer sorgt für genügenden Vorrat an Strohhalmen, und auch die Strohhalme werden von Ackermann verteilt.

Das Wetter war schön. Die Schüler quirlten auf dem Schulhof durcheinander und packten ihr Schulbutterbrot aus. Hans stand einsam. Ein Schulbutterbrot hat er nicht. Daran hat er nicht gedacht, daß zum richtigen Pennäler auch das Schulbutterbrot gehört. Und merkwürdig, jetzt hat er sogar Hunger.

Inzwischen hat die Oberprima beschlossen, den Neuen zu beschnuppern. Der lange Rosen bekam den Auftrag. Seine überlegene Stellung in der Klasse verdankte er dem Umstand, daß er eine sehr hübsche und kokette Schwester hatte. Das war wohl die einzige Eigenschaft an ihm. Aber sie genügte. Man riß sich um seine Freundschaft. Der zweite Mann der Abordnung war Rudi Knebel. Er galt als der Stärkste in der Klasse. Und man konnte ja nicht wissen.

Die beiden also, eine Art Pat und Patachon, denn Rudi war nur 1,44 groß, diese beiden promenierten mit gesuchter Unauffälligkeit an Hans Pfeiffer vorbei und warteten, ob er sie anspricht. Hans denkt nicht daran. Nun gerade nicht. Darum macht der lange Rosen den Anfang.

»Sie waren noch nie auf einem richtigen Pennal?«

»Nein.«

»Sie wollen hier bloß rasch Ihr Abitur machen?«

»Ja.«

»Da werden Sie sich aber wundern.«

»Och –«

Das Gespräch versickert. Hans mag diese Art von Beschnüffelung nicht.

Der lange Rosen nimmt einen neuen Anlauf.

»Gefällt es Ihnen bei uns?«

Ob es ihm gefällt? Hans überfliegt den Schulhof, eine mit spärlichem Kies bestreute Oberfläche mit vereinzelten Kastanien. Straßenwärts eine zweimannshohe Mauer mit Eisentor. Im Winkel um den Hof der rote Backsteinbau. Die kleinen Jungens spielen Nachlaufen oder balgen sich. Die größeren trotten zu fünf oder sechs mit langen Schritten auf und nieder, die Hände auf dem Rükken wie Lehrer. Trotz strengen Verbots liegt hier und da Butterbrotpapier auf dem Kies. Oberlehrer Müller 2, der die Aufsicht führt, winkt einen Sextaner heran. Der Sextaner hat sofort ein schlechtes Gewissen, freut sich dann aber doppelt über den ehrenvollen Auftrag und sammelt, vor Diensteifer platzend, das Papier.

Ob es ihm hier gefällt? Hans zuckt lässig die Achseln.

Pat und Patachon haben den Neuen nicht aus den Augen gelassen.

»So, es gefällt Ihnen also nicht?«

»Das weiß ich noch nicht.«

»Och, wir machen aber viel Fez.«

»Wohl hauptsächlich mit dem kleinen Luck?«

»Haben Sie was dagegen?«

»Geschmackssache.«

»Dann sind Sie wohl auch so eine Art Musterknabe?«

»Kann schon sein.«

»Vielleicht petzen Sie auch?«

»Vielleicht.«

Der lange Rosen versetzt dem kleinen Dicken einen Puff in die Seite: »Rudi, hast du gehört?«

Daraufhin greift Rudi Knebel ein. Er pflanzt sich dicht vor Hans Pfeiffer auf, fast in Tuchfühlung.

»Sie, wenn Sie petzen, dann kriegen Sie aber Freude bei uns.« Und fuchtelt ihm mit seiner rundlichen prallen Faust unter der Nase herum.

Hans Pfeiffer will die Faust mit einer lässigen Bewegung beiseite schieben. Diese körperliche Berührung wird von Rudi Knebel mißverstanden. Er versetzt dem Neuen einen wohlgezielten Boxhieb zwischen die Rippen und – legt sich, einer überirdischen Macht gehorchend, platt auf den Boden. Es war ein Jiu-Jitsu-Griff, den Hans Pfeiffer angewendet hatte. Derlei Griffe haben die wunderbare

Eigenschaft, daß man zuerst die Wirkung sieht und hinterdrein die Ursache.

Die übrigen Primaner stehen im Kreise und kommen sich mitgetroffen vor. Man läßt sich nicht so gerne handgreiflich imponieren. Und anderseits imponierte es einem doch.

Der lange Rosen tut, als ginge ihn die ganze Geschichte nichts an, und schlendert von dannen. Rudi erholt sich von seiner grenzenlosen Verblüffung und erhebt sich langsam.

Jetzt geht's los, denkt Hans und bringt seinen Füllhalter in Sicherheit. Aber es geschieht nichts Böses. Rudi lächelt den Neuen etwas mühselig an. »Du, das hast du fein gemacht. Den Griff mußt du mir mal zeigen.«

Hans erklärt den Griff und noch einige andere und macht sie dem kleinen Rudi vor. Die Oberprima ist begeistert. Rudi Knebel und Hans Pfeiffer aber legen den Grundstein zu einer Freundschaft.

Nach der Pause wurde Hans Pfeiffer zum Direktor befohlen.

Wenn ein Schüler zum Direktor muß, so ist das immer eine Sensation – nicht anders, als wenn ein friedlicher Bürger von der Polizei oder gar vom Finanzamt vorgeladen wird. Der Mensch hat selten ein reines Gewissen. Ein Primaner nie. Und auch dann nicht, wenn er, wie Hans Pfeiffer, erst seit zwei Stunden auf der Schule ist.

Von Direktor Knauer, allgemein »der Zeus« genannt, ist zu vermelden, daß er ein freundlicher Herr war, undefinierbaren Alters, bartlos, leise in jeder Beziehung und von unbestreitbarer Vornehmheit. Sein rundes, nur durch eine Brille unterbrochenes Gesicht war schwer zu behalten. Ein böser Quartaner hatte einmal einen großen Kreis an die Tafel gezeichnet und darin nebeneinander zwei kleine Kreise; die Karikatur wurde erkannt, und der Quartaner angemessen bestraft.

Direktor Knauer hatte alte und neue Sprachen studiert, war ein anerkannter Spezialist auf dem Gebiet der Shakespeare-Forschung und bereits seit langer Zeit Leiter des Gymnasiums von Babenberg. Er war das Gegenteil eines Schultyrannen; seine Größe bestand darin, alle überflüssigen Konflikte – und nach seiner Ansicht waren Konflikte immer überflüssig – zu vermeiden und die kleine Anstalt mit Wohlwollen und Sanftmut im Geleise zu halten. Außerdienstlich führte er ein vorbildliches Familienleben und besaß eine beachtliche Hühnerzucht. Dienstlich aber hatte er eine kleine Schrulle. Diese Schrulle bestand in einer kleinen Mappe, die er stets und ständig unter dem Arm trug. Die ältesten Schüler konnten sich nicht entsinnen, ihn jemals ohne diese blaue Mappe gesehen zu haben. Wahrscheinlich nahm er sie auch mit ins

Bett. Aber das war leider nicht festzustellen. Diese Mappe schien das Symbol seiner Macht und der Inbegriff seiner Tätigkeit. Was sie enthielt, wußte kein Mensch. Vielleicht die Impfliste oder eine Statistik der elterlichen Berufe. Oder ein Verzeichnis der Freischwimmer oder der vom Singen Dispensierten. Bestimmt war es etwas höchst Belangreiches. Und wenn böse Zungen behaupteten, die Mappe sei leer, so war das bestimmt übertrieben.

Nun stand Hans Pfeiffer vor dem Gewaltigen.

»Sie kennen doch die Schulordnung, Pfeiffer?«

»Sie ist mit ausgehändigt worden.«

»Dann dürften Sie auch wissen, daß meine Schüler nach 9 Uhr abends daheim zu bleiben haben.«

»9 Uhr schon?«

»Sie sind gestern abend gegen 10 Uhr im Gasthof Axmacher gesehen worden.«

»Natürlich. Ich wohne doch da, Herr Direktor.«

Direktor Knauer konnte fürs erste nichts erwidern. Er klappte nur den Mund auf und zu. »Das fängt ja gut mit Ihnen an.«

»Herr Direktor, ich hatte gedacht –«

Sobald man sich einem Vorgesetzten gegenüber erfrecht, etwas zu denken, bekommt man nach einem unabänderlichen Naturgesetz die Antwort: »Sie haben nicht zu denken.« Auch Hans Pfeiffer bekam diese Anwort.

»Ganz recht, Herr Direktor, ich will es mir abgewöhnen. Ich dachte nur, weil Axmacher ein hochanständiges Hotel ist –«

»Er denkt schon wieder.«

Das war keineswegs das friderizianische »Er«, sondern eine hilfesuchende Anrede an eine nicht vorhandene Zeugenschaft.

»Und dann dachte ich auch, weil da lauter bessere Herren verkehren – die Herren Professoren und der Rauchklub ›Blaue Wolke‹ –«

»Er denkt ja immer noch.«

»Verzeihung, ich hatte nur gemeint –«

»Jetzt hat er auch noch eine Meinung.«

»Ich wollte sagen, ich hatte geglaubt –«

Das Glauben kann man keinem Menschen verbieten, dachte Hans.

»Nun schweigen Sie mal stille. Ich will nichts gegen den Gasthof Axmacher gesagt haben. Er wurde Anno 1750 von Friedrich dem Großen der eben gegründeten Stadt als Amtswirtshaus geschenkt und 46 Jahre später zum Rathaus umgewandelt. 1820 wurde er dann wieder Gasthof. Dies nebenbei. Im übrigen müssen Sie das richtig verstehen, Pfeiffer. Zunächst ist es viel zu kostspielig für Sie.« Hans Pfeiffer hat die Augen niedergeschlagen; aber er fühlt den prüfenden Blick über seinen Anzug. »Vor allen Dingen aber ist es ungehörig. Schüler einer höheren Lehranstalt können doch nicht in einem Wirtshaus wohnen. Was macht das für einen Eindruck? Und was sollen die Leute denken?«

»Daran habe ich allerdings nicht gedacht.«

»Sie sollen aber denken! Dafür sind Sie ein gebildeter Mensch.«

»Schön, dann will ich es mir wieder angewöhnen. Und dann gehe ich heute nachmittag auf Budensuche.«

»Budensuche? Was ist das nun wieder für ein Ausdruck? Eine Bude ist etwas Ungehöriges, ich möchte fast sagen Unmoralisches. Ein Schüler einer höheren Lehranstalt hat keine Bude, sondern, sofern er nicht zu Hause wohnt, eine ordentliche Kammer bei anständigen und rechtschaffenen Leuten. So, jetzt wissen Sie Bescheid.«

Am Nachmittag ging Hans Pfeiffer auf die Budensuche.

Der Gasthof Axmacher, den er jetzt verlassen mußte, war das schönste und größte Gebäude am Markt. Es war weithin erkenntlich durch seinen rosafarbenen Bonbonanstrich und durch die großen, kugelförmigen Lorbeerbäume am Portal. Daneben war die Post. Neben der Post die Apotheke. Vor der Post hielt der Omnibus, der zweimal am Tage fuhr; niemand wußte, woher und wohin. Aus der Tür der Apotheke roch es nach Aloe, und im Schaufenster wurde Knoblauchsaft gegen Arterienverkalkung empfohlen. Der Apotheker betrieb nebenbei eine kleine Limonadenfabrikation und hieß Mäusezahl. Mäusezahl hieß übrigens auch der Schreinermeister, bei dem die Babenberger sich ihre Betten, Küchenschränke, Vertikos und Särge anfertigen ließen. Und Mäusezahl hieß auch das große Geschäft an der Ecke zur Mühlengasse, wo man Sensen, Türschlösser und Milchzentrifugen kaufen konnte. Hans Pfeiffer hatte in dem Adreßbuch, das so dick war wie ein Lokalfahrplan, festgestellt, daß nicht weniger als sechzehn Einwohner auf den Namen Mäusezahl hörten. Und das Merkwürdigste: Sie waren alle etwas, diese Mäusezahls. Sie waren gewissermaßen die oberen Zehntausend des Städtchens oder, vielleicht besser gesagt, eine Art bürgerliche Dynastie. Nur einer war Kellner; aber er schrieb sich Mäusezal ohne h. Offenbar eine degenerierte Seitenlinie.

Es war noch früh am Nachmittag. Der Schutzmann Trommel, der mitten auf dem Markt den sogenannten Verkehr zu bändigen hatte, befand sich in Mittagsruhe. Denn solange er unter der Normaluhr stand, fuhren die Wagen, Karren und Radfahrer säuberlich die Ecken des Marktes aus. Wenn Trommel aber zu Tisch war, fuhren sie quer darüber weg.

Hans zog mit Behagen die Luft der kleinen Stadt in die Nase. Es roch hier nicht nach Asphalt und Benzin; aber es gab sehr viele Pferde und noch viel mehr Spatzen, denen die Säuberung des kugeligen Pflasters oblag. Außerdem wurde auffallend viel radgefahren. Junge Frauen spazierten, ihren Kinderwagen schiebend, durch die Sonne. Andere standen hinter den Gardinen. An vielen Fenstern befand sich ein Spion. Die Häuser waren meist einoder zweistöckig und hatten breite Toreinfahrten, vor denen Männer in Hemdsärmeln standen. Alle hatten furchtbar viel Zeit. Niemand war eilig. Sogar die Fliegen schienen hier langsamer zu fliegen. Alles schwang seinen langsamen Pendelschlag.

Die einzige Ausnahme war der Herr Purz, wenn er in seinem Barbiersalon seine Kunden mit übertriebener Geschäftigkeit bediente. Hans ließ sich gern bei ihm rasieren; denn es tat ihm wohl, dort sozusagen wie ein Erwachsener behandelt zu werden. Der Laden war düster. Deshalb brannte Gas. Die Wasserleitung bestand aus einem Reservoir an der Decke, das der Lehrling am Tage mehrmals vollpumpen mußte. Rasieren kostete mit »Kolonj« 20 Pfennig. Die Journale des Lesezirkels Petruschke waren ein Vierteljahr alt. Viel gekauft wurden Schnurrbartbinden.

»Guten Tag, Herr Pfeiffer. Wie geht's – wie steht's? Schon gut eingelebt? – Famoses Frauenzimmer, was?«

Er meinte damit ein Bild in der ›Eleganten Welt‹, in der Hans Pfeiffer herumblätterte.

»Famoses Frauenzimmer, was? Na, wenn man

verheiratet ist, sind das alles platonische Dörfer. Ja, ja, meine Frau war mal ganz ähnlich in ihrer Jugend. Schönheit vergeht, Tugend besteht. Das heißt, heute gibt's keine Tugend mehr. Zu meiner Zeit war das anders, junger Herr. Als ich verlobt war, mußte immer der jüngere Bruder mitgehen. Meine Frau stammt nämlich aus einem besseren Hause. Alfons hieß ihr Bruder. Hat ganz nett dabei verdient. – Zufrieden mit dem Messer? – Von den Eltern bekam er jedesmal einen Groschen, daß er mitging, wenn ich mit seiner Schwester ausging. Und von mir einen Groschen, daß er nicht mitging. – Am Hals nicht gegen den Strich? Ganz wie Sie befehlen. – Aber dann verlangte Alfons zwei Groschen. Nun, man läßt sich nicht lumpen. Dann fünf Groschen. Was blieb mir anderes übrig? Aber als er dann unverschämt wurde und eine Mark verlangte – wissen Sie, was wir dann gemacht haben? Da haben wir geheiratet. Heute ist Alfons ein wohlhabender Mann. Oben in der Gegend von Danzig. Sprit und so. – Kolonj angenehm? Bitte sehr.«

Am selben Nachmittag zog Hans Pfeiffer um. Und zwar zu Frau Windscheid, die ihm von Purz auf das wärmste empfohlen war.

Frau Windscheid wohnte in der Schrottgasse. Es war ein altertümliches Haus mit viel Efeu und einem schmalen Vorgarten. Im Erdgeschoß wohnte Sanitätsrat Steinhauer. Auf einem runden, halbkugelig vertieften Messingschild spiegelte sich ein Klingelknopf, den man waagerecht herausziehen mußte. Wenn man gezogen hatte, kam er einem mindestens einen halben Meter entgegen, und innen jammerte eine Schelle, die sich gar nicht beruhigen wollte.

Das kann ja lieblich werden, dachte Hans.

Aber es war nicht so schlimm. Sanitätsrat Steinhauer hatte seine Patienten streng erzogen. Sie wurden nachts nicht krank. Und wenn es ernst war, gingen sie zum jungen Dr. Vogel.

Hans durchschritt einen lächerlich breiten Flur mit alten Truhen, ausrangierten Schränken und einer großen Kiste mit leeren Weinflaschen. Hier im unteren Teil des Hauses roch es nach Doktor, oben bei der Witwe Windscheid nach Seife und Malzkaffee. Die breiten Treppenstufen krachten rebellisch unter den fremden Tritten.

Frau Windscheid zeigte Hans das Zimmer und redete unaufhörlich. Aber ihr Reden war sanft und angenehm; man konnte es stundenlang hören, ohne zuzuhören. Hans besah sich die weißgescheuerten, sandbestreuten Dielen, das große, kastenförmige Bett, die wurmstichige, mit Intarsien verzierte Kommode und das an Wollkordeln aufgehängte Bücherbrett. Die drei eng aneinanderliegenden Fenster hatten Mullgardinen. Als er eines öffnete, schlug ihm frisches Grün entgegen; er sah in einen herrlich verwilderten Garten.

Am besten gefiel ihm freilich Frau Windscheid. Es war eine mollige, lebhafte Frau, Ende Vierzig, mit einem runden, rosigen Gesicht. Sie hatte glattes Haar, blond mit weißen Streifen. Man muß schon sagen, daß Hans Pfeiffer bei ihr gut aufgehoben war. Die wackere Frau erdrückte ihn fast mit ihrer mütterlichen Fürsorge. Zu melden hatte er nichts. Sie räumte seine Siebensachen aus dem Koffer und ordnete sie ein. Sie bestimmte, daß er morgens keinen Kaffee trank, sondern Kakao. Dazu mußte er zwei Spiegeleier mit Bratkartoffeln vertilgen. »Kinder in den Entwicklungsjahren haben das nötig. Besonders, wenn sie so tüchtig wachsen wie Sie. Meiner wollte nicht. Und dann hat er es bereut.«

Und wehe, wenn er von den mächtigen Butterbroten eines wieder mit heimbrachte!

Seine Lieblingsgerichte kochte sie ihm so oft, daß sie rasch aufhörten, Lieblingsgerichte zu sein. Nach Tisch mußte er schlafen, und dann durfte er nicht eher etwas tun, als bis er ausgiebig Kaffee getrunken hatte. Und abends erhielt er wiederum ein Leibgericht oder Grießpudding mit Himbeersoße.

»Das essen alle Kinder gern. Meiner bekam es jeden Tag.«

Wenn das so weitergeht, dachte Hans, werde ich hier fett wie ein Eunuch.

Aber er spreizte sich nicht, sondern ließ alles

über sich ergehen. Er war eine Marionette. Er war eine Folge der Feuerzangenbowle.

Hans hatte nur einen bescheidenen Bruchteil seiner Bibliothek mitgenommen. Aber Frau Windscheid hörte nicht auf, sich zu wundern.

»Was die Kinder heute alles lernen müssen! Meiner hat auch die halbe Nacht durch gesessen. Es ist schrecklich mit den modernen Schulen.«

Natürlich war sie neugierig. Allerdings auf sympathische und mütterliche Weise.

»Wer ist denn die Dame? Sicher Ihre Frau Mama? Und noch so jung! Und die Ähnlichkeit. Eine aparte Frau. Bloß ein bißchen ernst. Sicher macht sie sich viele Sorgen um Sie.«

»O ja«, brummte Hans.

Es war Marions Bild.

Wenn Hans Pfeiffer glaubte, bei Frau Windscheid wenig unter Aufsicht zu stehen, war er im Irrtum. Frau Windscheid wachte mit mütterlichem Auge über seinen Lebenswandel und warnte ihn vor schlechter Gesellschaft.

»Mit dem Herrn Knoll von nebenan, der das große Zimmer hat, mit dem müssen Sie sich gar nicht abgeben. Das ist kein Umgang für Sie. Keinen Abend kommt er vor halb elf nach Hause. Und denken Sie nur: Der hat sogar ein Verhältnis.«

Aber Hans durfte es nicht mit ihm verderben. Denn Herr Knoll hatte eine schätzenswerte Eigenschaft. Obwohl sie keine Eigenschaft war, sondern ein Gegenstand. Er besaß den Hausschlüssel! Und Hans war keineswegs darauf erpicht, sich wie ein zwölfjähriges Baby abends um 9 Uhr ins Bettchen zu legen, wie es die Schulordnung und Frau Windscheid vorschrieben. Das war die Zeit, wo er in Berlin allmählich seinen Smoking zurechtlegte, um sich von der tanzwütigen Marion durch die Dielen und Bars schleifen zu lassen. Oder er begann um diese Zeit, ernsthaft zu arbeiten; denn wie viele sensible Naturen war er ein ausgesprochener Nachtarbeiter.

Nun suchte er einen Vorwand, um Frau Windscheid zu entschlüpfen. Zunächst probierte er es mit Asthma; er müsse an die frische Luft. Frau Windscheid war anderer Ansicht und kochte ihm aus vielerlei Blättern einen Tee. Es war sicher ein sehr gesunder Tee; denn er schmeckte schauderhaft. Er half auch auf der Stelle; schon nach ein paar Schlückchen gab Hans das Asthma auf und kroch schleunigst ins Bett – um sich etwa nach einer Stunde mit Hilfe des geborgten Hausschlüssels von dannen zu schleichen.

Wohin?

Selbstverständlich hatte er Pennälermütze, Brille und Anzug gegen seine gewohnten Sachen vertauscht. Aber er fürchtete, trotzdem erkannt zu werden. So wichtig kam er sich vor. Und er wollte einen vorschnellen Schluß seiner neuen Laufbahn durchaus vermeiden.

Das Wandertheater, eine gutgemeinte Edelschmiere, hatte vor ein paar Tagen ›Flachsmann als Erzieher‹ gespielt. Die Plakatreste hingen noch. Es würde erst in ein paar Wochen mit ›Alt-Heidelberg‹ wiederkommen. Der Zirkus Gerani war in Aussicht, aber noch nicht da.

In den anständigen Kneipen würde er Magister treffen. Aber Herr Knoll hatte ihm ein kleines Café genannt, das von Magistern und anderen Honoratioren gemieden wurde. Dort bediente ein weibliches Wesen in einer seidenen Bluse, eine sogenannte Kellnerin. Hans Pfeiffer setzte sich trübselig an einen der runden, etwas angeschmuddelten Marmortische, trank klebriges Bier und spielte stumpfsinnig mit durchweichten Bierfilzen. An den Wänden herum saßen Liebespärchen, die sich langweilten. Von Zeit zu Zeit opferte jemand einen Groschen und ließ das elektrische Klavier laufen.

Auf diese Weise versah er sich einige Abende mit der erforderlichen Bettschwere.

Lange währte die Herrlichkeit nicht. Eines Abends, als er wiederum auf Strümpfen die große Treppe hinaufschlich, fiel ihm vor lauter Behutsamkeit auf der obersten Treppenstufe sein schwerer eichener Spazierstock aus der Hand und donnerte mit einem höllischen Gepolter die Treppe hinunter. Die weiten Räume des alten Hauses gaben ein vielseitiges Echo. Man konnte es der wakkeren Frau Windscheid nicht übelnehmen, daß sie darob erwachte. Hans Pfeiffer bekam eine regelrechte Gardinenpredigt. Das nahm dem jungen Schriftsteller die Lust an weiteren nächtlichen Ausschweifungen.

Ein fast noch größeres Problem als das Zubettgehen war das Aufstehen. Jeden Morgen, wenn um viertel vor sieben der grelle Weckerton seinen Schlaf zerriß, wunderte er sich und brauchte geraume Zeit, um wieder zu wissen, wo und wer er war. Und wenn er dann unter dem ungeduldigen Klopfen der Frau Windscheid aufstehen mußte, mitten in der Nacht, wie er es nannte, bekam er jedesmal eine höllische Wut auf die Feuerzangenbowle und überlegte, ob er nicht den ganzen Krempel wieder hinhauen sollte. Aber während er sich wusch und anzog, legte sich das jedesmal, und allmählich merkte er, daß auch der frühe Morgen eine ganz brauchbare und lebenswerte Tageszeit sei. Er setzte sich an den Tisch, ließ sich von Frau Windscheid mit Spiegeleiern und Bratkartoffeln vollstopfen, während er seine griechischen Vokabeln repetierte; schließlich nahm er seine Bücher unter den Arm und von Frau Windscheid eine wahre Säule von gut belegten Butterbroten in Empfang, schlug sich seine Pennälermütze, die ihm schon viel besser paßte, auf den Kopf und trollte davon.

Inzwischen hatte Hans Pfeiffer auch die übrigen Magister des Babenberger Gymnasiums kennen- und mehr oder weniger liebengelernt. Es stellte sich heraus, daß es keineswegs lauter Originale waren, wie Hans das nach den Feuerzangenbowlenerzählungen erwartet hatte. Selbst das zu diesem Zweck besonders ausgesuchte Gymnasium in Babenberg war nicht das erwartete Museum für pädagogische Raritäten. Und erst recht kein Zoologischer Garten. Hans war sich darüber klar: Es ist im Leben alles nur halb so schlimm – und halb so schön.

Einer der Lehrer, er hieß Müller 2 und gab Geschichte und Englisch, war sogar das genaue Gegenteil eines Originals. Man konnte ihm aber auch nicht die allergeringste Verschrobenheit nachweisen. Nach keiner Richtung hin. Seine hervorstechende Besonderheit war es, keine Besonderheit zu haben. Er war angezogen wie alle Menschen. Nicht zu lässig und nicht zu sorgfältig. Er sprach ganz genau wie gewöhnliche Sterbliche; er machte keine Witze – weder freiwillige noch unfreiwillige – und duldete keine. Er war farblos wie ein Glas Wasser. Seine Stunden flossen in ermüdender Sachlichkeit dahin. Und wenn sie vorüber waren, hatte man wohl mitunter die Empfindung, etwas gelernt, nicht aber, einen Lehrer gehabt zu haben.

Das war nun auch nicht das Richtige.

Nicht einmal einen Spitznamen hatte er; dieser

Ehre wurde er nicht teilhaftig. Er hieß nur Müller 2, und er hieß auch weiterhin so, obgleich Müller 1 bereits vor zwei Jahren gestorben war.

Dafür entschädigte allerdings der Bömmel. Wie er richtig hieß, wußte kein Mensch; man hätte schon im Jahresbericht nachlesen müssen. Es war schon lange her, daß Bömmel von seiner niederrheinischen Heimat nach Babenberg verschlagen wurde. Inzwischen war er alt geworden, trug immer noch denselben schwarzen Rock, und sein Bart, der schwarz und krollig war wie Matratzenfüllung, begann sich leise zu versilbern. Seinen niederrheinischen Dialekt hatte er beibehalten, gewissermaßen als einziges Andenken an seine Heimat. Bömmel gab Physik. Aber er hielt nicht viel von verstiegener Wissenschaft, er war mehr für einfache, plastische Begriffe und für eine volkstümliche Darstellung. Außerdem hatte er leidende Füße und pflegte sich zu Beginn jeder Stunde hinter dem Katheder die Schuhe auszuziehen. Das hatte er schon seit unvordenklicher Zeit so gemacht. Man hatte sich daran gewöhnt und hielt es beinahe für selbstverständlich. Nur Hans wunderte sich das erste Mal darüber. Er wunderte sich noch mehr über die Lehrmethode.

»Wo simmer denn dran? Aha, heute krieje mer de Dampfmaschin. Also, wat is en Dampfmaschin? Da stelle mer uns janz dumm. Und da sage mer so: En Dampfmaschin, dat is ene jroße schwarze

Raum, der hat hinten un vorn e Loch. Dat eine Loch, dat is de Feuerung. Und dat andere Loch, dat krieje mer später.«

Hans Pfeiffer konnte es nicht begreifen, daß die Klasse nicht losbrüllte. Auch daran war man offenbar gewöhnt.

Der Physiker aber fuhr fort:

»Und wenn de jroße schwarze Raum Räder hat, dann es et en Lokomotiv. Vielleicht aber auch en Lokomobil.«

Hans hatte längst hinter seinem Vordermann Deckung genommen – diese taktische Maßnahme hatte er schon gelernt – und schrieb alles fein säuberlich mit. Er hoffte, es einmal literarisch verwerten zu können.

Inzwischen wurden die Einzelheiten der Dampfmaschine erklärt. »Was is e Ventil? Da stelle mer uns wieder janz dumm. E Ventil is, wo wat erein jeht, aber sein Lebjottstag nix erauskömmt – Du, wat schreibs du da? Zeich dat emal her!«

Hans Pfeiffer war gemeint. Er hatte bereits gehört, daß Bömmel seine Schüler bis in die Oberprima hinein duzte; nur wenn er ernstlich böse war, sagte er »Sie« und sprach hochdeutsch. Hans zeigte sein Schreibwerk und machte ein scheinheiliges Gesicht. Er habe es mitgeschrieben, um es zu Hause lernen zu können.

»Bist du aber ne fleißige Jung! Damit du dat aber janz jenau behälts und dein Lebjottstag nit verjiß, da schreibste dat zu Haus fünfundzwanzigmal ab. Haben Sie mich verstanden?«

Pfeiffer hatte verstanden. Das Mitschreiben ließ er bleiben, um den Umfang der Strafarbeit nicht noch zu erhöhen.

Als dann schließlich die herrliche Stunde zu Ende war und Bömmel sich wieder in seine Schuhe begeben will – da ist nur noch einer da. Der andere ist weg.

Weg.

Bömmel läßt sich zunächst nichts merken und sucht mit den Augen, während er weiterredet.

Der eine Schuh bleibt verschwunden.

»Hat einer von euch de Schuh gesehn?«

Nein, keiner hat ihn gesehen.

»Wenn ich de Saujung krieg, de mich de Schuh verstoche hat –!«

Aber er bekam ihn nicht. Weder den Saujungen, noch den Schuh.

Allmählich wird Bömmel ernstlich böse. Er fängt an, hochdeutsch zu reden, und will zum Direktor. Aber der fehlende Schuh hindert ihn. Ihm bleibt nichts anderes übrig, als eigenhändig die Bänke zu durchsuchen. So hopst er denn auf einem Schuh durch die Klasse und droht mit allen irdischen Strafen; der andere Fuß mit der grau und rosa geringelten Socke ist Gegenstand allgemeiner Bewunderung. Die Jungen toben vor Vergnügen. Hans Pfeiffer möchte Mitleid haben mit dem alten

Mann; aber es gelingt ihm nicht. Die Sache ist zu komisch.

Endlich, als die Pause beinahe herum ist, findet sich der vermißte Schuh. Im Schwammkasten.

Bömmel zieht ihn keuchend an und faßt seine Gefühle in die Worte: »Bah, wat habt ihr für ne fiese Charakter.«

Worin man ihm durchaus beipflichten muß.

Damit war der Zwischenfall zur allseitigen Befriedigung erledigt.

Nur Hans Pfeiffer hatte seine Strafarbeit weg. Als er zu Hause saß und sie zum vierten Male abschrieb, fand er sie gar nicht mehr komisch. Bömmel wußte genau, was er wollte. Und als er beim sechsten Male war, knallte er das Heft in die Ecke und lief zum Druckereibesitzer Opitz. Und ließ die Sache fünfundzwanzigmal hektographieren. Auf Zureden des Druckers fünfzigmal. Weil es dasselbe kostete.

Aber Hans hatte Pech. Als er in der nächsten Stunde die hektographische Strafarbeit abliefern wollte, hatte Bömmel sie längst vergessen. Jedenfalls fragte er nicht danach. Hans meldete sich und will sie abliefern. Bömmel winkt ab. Hans will sie ihm aufdrängen. Bömmel bleibt unerbittlich. Er ist nicht zu bewegen, auch nur einen Blick hineinzuwerfen. Hans zieht beschämt ab. Sein erster großer Vorstoß gegen die Schulzucht hatte ins Leere getroffen. Oder war Bömmel klüger, als man ahnte?

Mit Dr. Brett verstand sich Hans ausgezeichnet. Sie hatten voreinander Achtung. Sie waren gleichwertige Geister auf verschiedenen Ebenen: Er der Schöngeist, Dr. Brett der Mathematiker.

Brett gehörte zu den Lehrern, die es nicht nötig haben, den trockenen Lehrstoff durch gequälte Witze schmackhaft zu machen. Er bezog das Interesse aus der Materie selbst und zeigte seinen Jungen nicht nur die atemraubende Zwangsläufigkeit einer mathematischen Beweisführung, sondern auch die ästhetische Schönheit eines solchen logischen Gebäudes. Seine Entwicklungen und Lösungen erschienen wie gotische Kathedralen von unerhörter Architektur. Wenn er sprach und mit verhaltener Stimme auf die entscheidende Wendung hinsteuerte, hätte man das Fallen einer Stecknadel hören können. Die Spannung war so stark, daß man meinte, in den Köpfen das Knistern der Gedanken zu vernehmen.

Brett hatte allerdings einige Arbeit gehabt, bei seiner Klasse das wieder wettzumachen, was sein Vorgänger in der Mittelstufe versaut hatte. Der alte Eberbach war jetzt glücklich in den Ruhestand getreten und verschollen; aber der Sagenkreis, der sich um ihn gebildet hatte, lebte fort. So erzählte man, daß Direktor Knauer den alten Mann angewiesen hatte, seine mathematischen Aufgaben mehr dem modernen Leben zu entnehmen. Dieser studierte daraufhin die Sportzeitung und formulierte in seiner Tertia folgende Aufgaben:

Erstens: Bei einem Wettrennen legt ein Jockei die Strecke in zwei Minuten 32 Sekunden zurück. Er wog 96 Pfund. In welcher Zeit würde er gesiegt haben, wenn er 827 Pfund gewogen hätte? – Zweitens: Ein Engländer durchschwimmt den Ärmelkanal in sechzehn Stunden vierunddreißig Minuten und legt dabei achtundvierzig Kilometer zurück. Wieviel Zeit würde er brauchen, um von Dresden zum Nordpol zu schwimmen? – Drittens: Jemand wirft einen zwei Pfund schweren Stein dreiundzwanzig Meter weit. Wie weit würde er einen Stein von 0,3 Gramm werfen?

Hans Pfeiffer bedauerte, den tüchtigen Mann nicht mehr persönlich zu erleben. Dafür lernte er aber bei Dr. Brett das Hantieren mit Differentialquotienten, Abszissen, Nullpunkten, Parabeln, Tangenten, Hyperbeln und Schnittpunkten halber Nebenachsen. Er, der preisgekrönte Dichter. Als wenn er nie etwas anderes im Leben getan hätte.

Was ihn nicht hinderte, bei Dr. Brett eine Erfindung von bedeutender Tragweite zu machen: den Vorsagespiegel.

Obwohl er nicht unmittelbar am Fenster saß, hatte er schon mehrfach mit seinem Taschenspiegel kecke Sonnenstrahlen aufgefangen und spielend an die Wand oder die Decke geworfen. Als nun eines Tages der dicke Rudi Knebel schweißtriefend an der Tafel beschäftigt war, eine überaus wichtige Hilfslinie zu ziehen, da erschien plötzlich ein scharfer Lichtfleck und wies der hilflosen Kreide in Rudis hilfloser Hand den rechten Pfad. Wie weiland der Halleysche Komet den Königen aus dem Morgenland den Pfad gen Bethlehem wies.

Rudi Knebel wußte nicht recht, ob er dem Irrlicht trauen dürfte. Er tat es schließlich aus Verzweiflung. Als er merkte, daß das gefürchtete Hohngelächter der Klasse ausblieb, faßte er Zutrauen. Glücklicherweise saß Brett wie immer auf dem Katheder schräg hinter der Tafel und verfolgte den Gang der gestellten Aufgabe mit seinem phänomenalen Gedächtnis. Infolgedessen konnte Hans ungestört den rettenden Lichtstrahl geistern lassen und malte auf der Tafel nicht nur die Zeichnung, sondern auch die algebraische Ausrechnung vor. Rudi Knebel folgte blindlings und löste die Aufgabe mit geradezu atemberaubender Präzision. Begeistert rief Brett: »Bravo, Knebel! Es freut mich, daß Ihnen endlich ein Licht aufgegangen ist.«

Er ahnte nicht, warum die Klasse auf seinen Ausspruch in unterdrücktes Glucksen ausbrach. Denn er hatte sich längst abgewöhnt, den Heiterkeitsausbrüchen seiner Jungen nachzuspüren. Aber er war immer auf der Hut.

Mit Hilfe des Lichtschreibers steigerten sich die Leistungen der Klasse ins Aberwitzige. Wenigstens solange die Sonne schien. War der Himmel bewölkt, so war es mit der Weisheit vorbei. Und der

Zusammenhang zwischen Wetter und Leistungen blieb dem klugen Mathematiker nicht verborgen. Er erklärte ihn auf seine Art: »Sonne ist die Urkraft jeglichen Lebens. Auch die Schüler werden vom Sonnenschein günstig beeinflußt. Wir werden die Klassenarbeiten nur noch bei gutem Wetter schreiben.«

Der Erfolg bestätigte seine Hypothese.

Mit der Erfindung des Vorsagespiegels war Hans Pfeiffer zum Diktator der Klasse geworden. In seiner Hand schlummerten Gut, Mangelhaft, Genügend oder Ungenügend eines jeglichen Mitschülers im wörtlichsten Sinne. Der lange Rosen samt seiner hübschen Schwester war entthront. Pfeiffers Freundschaft hatte mehr Gewicht.

Es war klar, daß die Herrlichkeit über kurz oder lang ihr Ende finden mußte. Und das kam so:

Aus Gründen, die an späterer Stelle näher erläutert werden sollen, ließ Hans Pfeiffers Lerneifer nach einiger Zeit nach. Er war überhaupt kein Mensch, der sich lange Zeit auf eine Sache konzentrieren konnte. Eines Tages war er wieder schlecht vorbereitet. Oder er paßte nicht richtig auf. Kurzum, sein Sonnenspiegel schrieb den blanken Unsinn an die Tafel. Und Joachim Schrader, der gerade an der Reihe war, wurde durch die falschen Vorspiegelungen verwirrt.

Als Schrader sich völlig festgefahren hatte, wurde er von Dr. Brett unterbrochen. Schlicht und einfach sagte er, ohne eine Miene zu verziehen: »Pfeiffer, passen Sie besser auf, sonst müssen wir die Vorhänge zuziehen.«

Hans Pfeiffer wurde rot bis hinter die Ohren, steckte zerknirscht seinen Spiegel ein und setzte sich in der nächsten Stunde vom Fenster fort, um nicht mehr in Versuchung zu fallen. Er setzte sich neben den kleinen Luck.

Dr. Brett lächelte unmerklich. Man hatte einander verstanden.

Übrigens merkte Hans Pfeiffer allmählich, daß auch bei Professor Crey ernstlich gearbeitet wurde. Keineswegs wurden sämtliche Stunden durch pädagogische Erörterungen und kriminalistische Untersuchungen ausgefüllt. Es mag allerdings zugegeben werden, daß der Ernst bisweilen sich etwas einseitig auf seiten des Professors befand.

Die Kenntnisse in der deutschen Literatur pflegte er ungefähr so zu prüfen: »In welchem Stöck, in welchem Aufzog und in welcher Szäne steht, und wer spricht zu wäm die Worte: ›Ich kenne meine Pappenheimer‹?«

Daß die Aufsatzthemen größtenteils mit dem klassischen »Inwiefern« anhuben, hatte Hans nicht anders erwartet. Manchmal wurde die Inwieferung sogar verdoppelt: »Inwiefern gleichen sich Wilhelm Tell und Götz von Berlichingen, und inwiefern bestähen wäsentliche Onterschiede zwischen ehnen?«

Hans fand die Antwort:

»Den Tell darf man zitieren, den Götz aber nicht.«

So erweiterte der Schriftsteller Pfeiffer seine Kenntnisse in der deutschen Literatur in ungeahnter Weise und hoffte inständig, daß es seiner künftigen Laufbahn zustatten komme.

Crey dagegen war nicht mit ihm zufrieden.

»Pfeiffer, Sä send en allen Fächern genögend oder got, nur em Deutschen stähen Sie mangelhaft. Sä haben einen unmöglichen Stil. Was wollen Sie eigentlich mal werden?«

»Das weiß ich noch nicht.«

»Sochen Sä sich einen Berof, bei dem Sä wenig zu schreiben haben. Am besten werden Sä Zahnarzt.«

Hans gelobte es feierlich.

Auch im Singen war Hans nicht auf der Höhe.

Singen ist der Ausdruck seelischen Empfindens.

Singen gab Fridolin. Das war nicht sein Spitzname, sondern er hieß wirklich so und brauchte daher keinen Spitznamen.

Fridolin fragte nicht danach, ob Singen der Ausdruck seelischen Empfindens ist. Bei ihm wurde gesungen, weil es im Stundenplan steht.

Das Singen war entsprechend.

Die Schuld lag nicht an Fridolin. Das spärliche Männlein mit dem zwirndünnen Schnurrbärtchen und dem ebenso dünnen Stimmchen gab sich die größte Mühe, aus der trägen Masse seiner schläfrigen Schüler so etwas wie »Sangeslust schwellt die Brust« herauszuholen. Aber je wilder er mit übersteigendem Temperament und gigantischen Armbewegungen dirigierte, desto matter und mürrischer schleppte sich der Gesang. Das Traurigste war – wenigstens in der Meinung der vereinigten Oberklassen –, daß die Sangeskunst grundsätzlich im Stehen ausgeübt wird. Man konnte die Zeit weder zum Anfertigen von Schularbeiten noch zum Schlafen benutzen.

Der einzige, der sich beim Singen anstrengte, war Hans Pfeiffer. Er brüllte aus Leibeskräften. Er brüllte mit Hingabe. Und hatte dafür seine privaten Gründe. Er brüllte daneben.

Auf die Dauer konnte dies selbst dem an Mißklänge gewöhnten Ohr Fridolins nicht verborgen bleiben.

»Das müssen Sie doch vielleicht hören. Da singt doch jemand unrein.«

Aus dem Hintergrund brummte einer: »Dem Reinen ist alles rein.«

Fridolin reagierte schon längst nicht mehr auf Zwischenrufe. Aber der unreine Tannhäuser war wirklich nicht zu ertragen.

»Pfeiffer, kommen Sie mal vor. Sind Sie das vielleicht, der so falsch singt?«

»Ausgeschlossen.«

»Sind Sie musikalisch?«

»Das weiß ich nicht. Das habe ich noch nicht probiert.«

»Singen Sie vielleicht mal diesen Ton.«

Fridolin schlägt auf dem Flügel das mittlere F an. Hans knurrt im tiefsten Strohbaß ein undefinierbares Geräusch.

Fridolin ist nicht zufrieden.

»Singen Sie bitte mal nach: Aaaah –«

Hans bemüht sich, noch musikalischer zu grunzen. Dies gelingt ihm auch zu seiner Zufriedenheit.

»Sie singen zu tief. Hören Sie vielleicht mal zu: Aaaaaah –«

Hans gibt einen jaulenden Fistelton von sich, daß der Chor entsetzt zusammenfährt.

»Nein, Pfeiffer, nicht so hoch. Mehr in der Mitte dazwischen: Aaaaaaaaaah –«

Hans setzt abermals an und bringt einen Ton zum Vorschein, so mehr in der Mitte und mehr dazwischen, daß er dauernd zwischen Brust- und Fistelstimme hin- und herkickst. Er hört sich an wie das Geschrei eines wild gewordenen Esels.

Der Chor beneidet ihn. Fridolin denkt einen Augenblick nach und konstatiert:

»Sie sind noch im Stimmbruch. Aber trösten

Sie sich, das wächst sich aus. Vom Singen sind Sie natürlich dispensiert.«

Fortan durfte Hans Pfeiffer mittwochs und sonnabends bereits um zwölf Uhr nach Hause gehen.

Einige Wochen waren ins Land gegangen.

Hans Pfeiffer hatte sich schon recht gut eingelebt. In der Schule und außerdienstlich. Er hatte die ganze Konzentration seines dichterischen Einfühlungsvermögens dazu benutzt, um bis zur letzten Fingerspitze in die bescheidene Bravheit eines kleinen Babenberger Primaners zu schlüpfen. Und man muß sagen, es war ihm einigermaßen geglückt.

Das Problem der langen Abende hatte er überwunden. Da er früh aufstand und sich tagsüber viel herumtummelte, war er abends rechtschaffen müde, legte sich um halb zehn in die Klappe und schlief wie ein gesunder Junge traumlos bis zum Weckerrappeln. Und da er früh zu Bett ging und gut schlief, konnte er morgens auch gut aufstehen. Auch an Grießpudding und Himbeersaft hatte er sich gewöhnt, und an Kakao mit Bratkartoffeln, und an Schulbutterbrote und Streuselkuchen. Er bekam frische rote Bäckchen wie ein Kind, und die Schülermütze stand ihm prächtig zu Gesicht.

Auch die Bemutterung durch Frau Windscheid

nahm er geduldig hin, ebenso ihre mütterliche Neugierde. Mochte sie in seinen Büchern und Schubladen herumkramen, er hatte nichts zu verbergen.

Seine Briefe bekam er postlagernd unter Deckadresse. Das gab bei der Post zwar auf die Dauer etwas Getuschel, schützte ihn aber vor der Frau Windscheid. Diese konnte es gar nicht fassen, daß der arme Junge gar keine Post bekam. Sie erkundigte sich nach seiner Familie. Ob die Frau Mama nicht mal nach ihm schauen komme? Und was der Herr Papa mache? So so, der Vater sei nicht mehr am Leben. Sie bedauerte den völlig sich selbst überlassenen Jungen und zerfloß vor Mitleid. Der Grießpudding nahm an Umfang und Rosinen, die Himbeersoße an Menge zu.

Natürlich mußte Hans bei dem alten Sanitätsrat Steinhauer einen Anstandsbesuch machen. Frau Windscheid hatte ihn zwar vor diesem Manne gewarnt. »Das ist ein alter Junggeselle, und die tun nicht gut. Haben Sie unten die große Kiste mit den leeren Weinflaschen gesehen? Er soll ja auch eine Trinkerleber haben.«

Nun war Hans erst recht neugierig. Nachmittags um halb sechs ging er hin. Als er von dem Besuch zurückkam, war es beinahe wieder halb sechs. Er hatte sich mit dem einsamen Mann und seinen guten Moselweinen innigst angefreundet. Und als er die Treppe heraufkam, hatte er keinen fallenden Spazierstock mehr nötig, um Frau Windscheid zu wecken. Sie hatte aber in Anbetracht des Respektes vor dem Herrn Sanitätsrat von einer Moralpredigt Abstand genommen. Am nächsten Morgen, als Hans erst gegen zehn Uhr wieder verhandlungsfähig wurde, hatte sie ihm sogar eine Entschuldigung mitgegeben. »Wegen heftigen Zahnschmerzen –«

»Bei dem meinen habe ich das auch immer gemußt«, beruhigte sie ihr Gewissen.

Dicht neben dem Gymnasium hatten die Lyzen ihren Sitz.

Lyzen sind die Schülerinnen eines Lyzeums und sonderbare Wesen. Eine Lyze besteht nämlich aus zwei Hälften. Die eine Hälfte ist Backfisch, werdende Dame und künftige Mutter; diese Hälfte ist durchaus weiblich, mit allen Reizen und Mängeln dieses beliebten Geschlechtes. Die andere Hälfte der Lyze besteht aus geistiger Arbeit, Logik, Wissenschaft und Schulbetrieb. Diese Hälfte ist nüchtern, sachlich. Man kann auch sagen: sächlich. Selbstverständlich liegen die beiden Hälften im Kampf miteinander. Später wächst sich das nach der einen oder anderen Seite aus. Siegt die eine Hälfte, dann wird aus der Lyze ein braves Hausmütterchen mit allmählich verblassenden Bildungsstreifen; gewinnt die andere Hälfte die

Oberhand, dann entsteht ein gelehrtes Haus mit verkümmernden weiblichen Kennzeichen.

Das Pikante an der Lyze ist, daß man noch nicht weiß, was wird. Darauf beruht ihre Beliebtheit bei jedermann, auch bei den Primanern. Das war aber keineswegs der Grund, warum man das Lyzeum dicht neben dem Gymnasium erbaut hatte. Das hatte man erst gemerkt, als es fertig war. Und da war es nicht mehr zu ändern.

Die Lyzen sieht man selten auf der Straße. Auch den Bummel besuchen sie nur mit einer gewissen Vorsicht und mit einem Ausredepaketchen unter dem Arm.

Der Bummel in Babenberg findet statt am Spätnachmittag von sechs bis sieben Uhr. Und von Axmacher bis zum Buchhändler Mäusezahl. Er unterscheidet sich von der Tauentzienstraße vor allem dadurch, daß sich alle Leute dauernd grüßen. Weil sich alle kennen. Und jedesmal, wenn sie sich erneut begegnen, grüßen sie sich abermals. Weil sie sich immer noch kennen.

Auch Pfeiffer trieb sich dort umher. Nicht nur studienhalber. Er hatte die leise Empfindung, daß zum richtigen Pennäler auch eine kleine Pennälerliebschaft gehört. Er wollte sich allem unterziehen. Aber an die Lyzen traute er sich nicht heran. Er versuchte es erst einmal mit einer Verkäuferin aus dem Modehaus Fechner. Ein süßes Mädel, knabenhaft schlank, mit lodernden Locken.

Er hätte es nicht tun sollen. Er wurde elend abgeblitzt. Keß entgegnete ihm die Verkäuferin, daß sie sich nichts aus Primanern mache; übrigens habe sie selbst einen Vetter, der auf die höhere Schule ginge.

Hans wurde blaß vor Wut. Wer war er denn? Er hätte ja nur zu sagen brauchen, daß der große Roman in der »Woche« zum Beispiel eine Arbeit von ihm sei. Und nicht einmal seine beste. Er brauchte ja nur zu sagen ...

Er sagte gar nichts. Er sagte nur: »Bitte vielmals um Entschuldigung.« Und schämte sich. Ein Pennäler hat einen Schwarm, er hat eine Flamme; vielleicht auch eine unsterbliche Geliebte. Aber ein Pennäler hat kein Verhältnis.

Eine Klasse ist keine homogene Masse. Es kristallisieren sich Gruppen heraus, Freundschaften, Banknachbarschaften oder Interessengemeinschaften für gemeinschaftliche Hausarbeit.

Hans Pfeiffer war Vorstand einer solchen Interessengemeinschaft. Dazu gehörte in erster Linie noch Rudi Knebel. Er war immer noch 1,44 groß, aber platzend vor Gesundheit und Lebenskraft, rot und glänzend wie eine Tomate. Und schwamm in ständiger Glückseligkeit. Selbst die bestimmte Aussicht, im Abitur durchzufallen, konnte ihn davon nicht abbringen. Nebenher war er musikalisch wie ein Zigeunerprimas.

Dann war da noch der Ernst Husemann. Groß und stark wie ein Eisbär. Auch entsprechend phlegmatisch, man konnte auch sagen faul. Und von einer aufregenden Gutmütigkeit.

Der vierte war der kleine Luck. Es war ein schmächtiges, überzüchtetes Kerlchen mit einem sehr schmalen, elfenbeinfarbenen Gesicht, großen, erstaunten Augen und mit einer geradezu pathologischen Intelligenz, Primus wider Willen und traditioneller Prügelknabe der Klasse. Er hatte tausend Seelen in seiner schmalen Brust, wollte jedermanns Freund sein und erreichte genau das Gegenteil. Mit Hans Pfeiffer aber verband ihn eine innige Freundschaft; das war der einzige, der aus seiner komplizierten Seele klug wurde.

Die wesentliche Funktion des Klubs war die gemeinschaftliche Hausarbeit. Sie fand stets auf Hans Pfeiffers Bude statt, weil man dort am ungestraftesten Radau machen und unterst zu oberst kegeln konnte. Die gute Frau Windscheid hatte für alles die Generalentschuldigung: »Der meine hat auch –«

Hans Pfeiffers Bude – um einmal den unmoralischen Ausdruck zu gebrauchen – hatte an Wohnlichkeit sehr zugenommen. Frau Windscheid hatte ihre übrigen Zimmer, ja sogar ihren Salon geplündert. Hans hatte einen prächtigen Sekretär aus Birnbaumholz mit siebenunddreißig Schubfächern und einem Geheimfach bekommen, dessen Mechanismus ihm Frau Windscheid auseinandersetzte, dazu einen großmächtigen alten Biedermeier-Lehnstuhl mit grün-gold gestreiftem Bezug. Ja, sie hatte sogar ihre Vitrine mit den unendlichen Nippsachen ausgeräumt und Hans als Bücherschrank zur Verfügung gestellt. Sie wollte noch viel mehr tun; Hans mußte sich mit Händen und Füßen dagegen wehren. Er wollte kein Museum.

Die gemeinschaftliche Hausarbeit nachmittags um vier Uhr begann jedesmal mit einer gigantischen Kanne duftenden Malzkaffees, den die wakkere Frau Windscheid spendete. Malzkaffee war nämlich ihre Spezialität. Auch glaubte sie, dadurch dem Genuß alkoholischer Getränke vorzubeugen; denn ist erst eine Menge Kaffee im Magen, kalkulierte sie, bleibt kein Platz für Bier.

Alsdann wurde gesammelt und beim Bäcker Hoffmann quadratmeterweise Streuselkuchen geholt. Hans Pfeiffer hätte ihn gern gestiftet. Aber Frau Windscheid duldete das nicht und hielt überhaupt ein wachsam-mütterliches Auge auf die Finanzgebarung ihres Schützlings.

Es soll nicht verschwiegen werden, daß der Kaffee nebst Zubehör meist in ungehöriger Weise in die Länge gezogen wurde. Man wußte, sobald er zu Ende ist, kommt die Arbeit. Und vor der Arbeit hatte man ein leichtes Gruseln. Aber schließlich, wenn es auf halb sechs ging, war sie nicht länger zu vermeiden.

Die Arbeitsweise wurde den verschiedenen Stoffgebieten geschickt angepaßt. Bei Übersetzungen und mathematischen Aufgaben suchte man zuvörderst die einwandfrei richtige Lösung. Gemeinschaftlich.

»Gemeinschaftlich« bedeutet, daß der kleine Luck als Jüngster laut rechnete oder übersetzte und die anderen mehr oder weniger Obacht gaben. Meist allerdings weniger. Wenn es falsch ist, geht der Kopf noch lange nicht ab, dachte Rudi Knebel, langte sich unauffällig die Gitarre und versuchte, ein von Hans Pfeiffer gedichtetes Wanderliedchen zu vertonen. Er sang aber nur mit halber Stimme, um nicht zu stören. Ernst Husemann dachte: Viele Köche verderben den Brei, und schlief kurz entschlossen in dem Großvatersessel ein. Hans Pfeiffer tat gar nichts, nicht einmal schlafen, und gestattete seinen Gedanken, Karussell zu fahren; ein Gedicht keimte in ihm, er wurde aber immer wieder durch das laute Rechnen vom kleinen Luck gestört.

Immerhin erreichte man auf diese Weise, daß der kleine Luck nicht unterbrochen wurde und meist unbehelligt die richtige Lösung finden konnte. Man lernte beizeiten Wesen und Wert der Kollektivarbeit kennen und schätzen.

Nun durften jedoch die vier Kameraden nicht die gleiche makellose Lösung vorweisen. Der zweite und schwierige Teil der Arbeit bestand also darin, daß man eine Reihe nebensächlicher Fehler ausheckte, die den einzelnen Arbeiten ein individuelles Gepräge gaben und andererseits ein auffälliges »Sehr gut« verhinderten. Diese Fehler wurden auf das Sorgfältigste verteilt. Man raufte sich, man stritt sich darum. Nur der kleine Luck, als ohnehin Benachteiligter, durfte sich hier und da mit fehlerlosen Arbeiten begnügen.

Bei Aufsätzen war diese Methode nicht anzuwenden. Da mußten vier verschiedene Fassungen hergestellt werden, die hernach unter die Mitwirkenden verlost wurden. Bis Husemann eines Tages auf den genialen Einfall kam, sie untereinander meistbietend zu versteigern. Wer am meisten bot, bekam den besten Aufsatz. Daß hierbei die Kapitalkräftigen einen Vorsprung hatten, war leider nicht zu vermeiden. Vielleicht eine gute Vorübung fürs Leben. Der Versteigerungserlös diente zur Fundierung einer gemeinschaftlichen Vergnügungskasse, die rasch anschwoll und der kleinen Gesellschaft eine ansehnliche finanzielle Unterlage für ihre Unternehmungen gab.

Aus dieser Kasse wurde auch das Bier bestritten, das Frau Windscheid des öfteren zum Abschluß der Sitzungen holen mußte. Sie protestierte zwar jedesmal aufs neue und schilderte die Wirkung des Alkohols sowohl im allgemeinen als auch auf die Kinder im besonderen in den schauerlichsten Farben.

Aber das Ende vom Lied war immer, daß sie ihren großen Tonkrug schamhaft unter die Schürze nahm und sich seufzend auf den Weg machte.

Worüber schwatzen Primaner, wenn ihre Herzen und Zungen durch einen gevierteilten Liter Bier und durch das Gefühl überstandener Hausarbeit gelöst sind?

Schwatzen sie dann ausschließlich von Schuldingen? Das kann man nicht verlangen, obgleich die Schule der ungewollte Angelpunkt ihres Redens und Denkens ist. Sie schwatzen vielmehr auch von anderen Sachen, besonders aber von solchen, von denen sie am wenigsten verstehen. Da unterscheiden sich Pennäler kein bißchen von anderen Menschen.

Aus diesem Grunde reden sie auch gerne von Politik. In ihrem unberührten Idealismus stellen sie sich die Welt vor als eine Versammlung mehr oder weniger verkappter Engel und können gar nicht begreifen, daß das dazugehörige Paradies immer noch nicht eröffnet worden ist. Sie haben den festen Vorsatz, demnächst das Erforderliche zu veranlassen, und bereiten sich darauf vor, indem sie rechtzeitig Muskeln und Stimmbänder stählen.

Natürlich reden sie auch von der Liebe. Davon erst recht. Denn davon verstehen sie am allerwenigsten.

Nur Hans Pfeiffer kommt da nicht recht mit. Er hat sich ja sonst so ziemlich verpennälert; er bebt und zittert, wenn er ein Schulbuch vergessen hat, und freut sich über eine gute Zensur und giftet sich über eine schlechte. Und behauptet, sich nichts daraus zu machen. Er wird von einem Viertelliter Dünnbier bereits beschwipst; er träumt, sofern überhaupt, von Indianergefechten und blonden Hängezöpfen.

Aber wenn dann seine Kameraden bedeutend den Mund auftun und anfangen, von »Weibern« zu reden – dann kommt er nicht mit.

»Ich sage euch, die Else Landsberg hat mir gestern zugeplinkert! Mensch, die hat's hinter den Ohren!«

»Die? Die möchte ich nicht geschenkt. Sieh dir mal der ihre Fesseln an. Das ist doch keine Rasse.«

»Mit wem geht denn jetzt die Inge Rosen? Hat die immer noch ihren Joachim?«

»Der ist schön dumm, daß er hinter ihr herläuft.«

»Man muß die Frauenzimmer nur tüchtig abfallen lassen, dann fressen sie aus der Hand.«

»Überhaupt die ganzen Weiber! Ich heirate nicht vor dem ersten Schlaganfall.«

»Versteht ihr eigentlich, was die alle an der Hella finden? Die mit ihrem Wasserstoffhaar!«

»Verflixt noch mal, ich muß ja noch Chemie machen! Der Schnauz hat sowieso einen Pick auf mich.«

So war man wieder glücklich bei der Schule angelangt.

Übrigens versprach die morgige Chemiestunde lustig zu werden. Sie kamen jetzt zur alkoholischen Gärung, und seit Menschengedenken war es Brauch, daß Professor Crey hierzu eine Probe seines selbstgefertigten Heidelbeerweins mitbrachte, um jeden Schüler einen Schluck kosten zu lassen. Nur einen kleinen Schluck natürlich.

Hans kicherte verschmitzt. Er hatte schon lange nichts mehr pekziert. Die Lichtschreiberei war in Vergessenheit geraten. Er befand sich auf dem besten Weg zum Musterknaben. Es war wirklich die höchste Zeit.

Ein Liter Bier ist keine Feuerzangenbowle. Der Plan, den die vier Jungen ausheckten, war demnach auch bescheidener im Format. Und doch war das Johlen, Kreischen und Maulfechten und überhaupt die Vorfreude über die zu erwartenden Genüsse derart heftig, daß dadurch der Zimmernachbar des Dichters, Herr Knoll, angelockt wurde.

Er klopfte, ward eingeladen und fragte, ob er den jungen Herren etwas Gesellschaft leisten dürfe. Er sei ein großer Freund echten Humors und werde sich eine Ehre daraus machen und so weiter.

Pfeiffer kannte den echten Humor des Herrn Knoll und hüstelte warnend. Doch die anderen kapierten nicht so schnell. Und ehe es verhindert werden konnte, hatte der diensteifrige kleine Luck den Gast bereits auf den Diwan komplimentiert.

Ob Herr Knoll auch auf dem Gymnasium gewesen sei, fragte er, nur um etwas zu fragen.

»So seh ich aus! In Quarta habe ich Schluß gemacht. Da hatte ich die Nase pleng. Sind Sie doch mal ehrlich, meine Herren – was nützt Ihnen der ganze Zinnober? Sie lernen Sprachen, die kein Aas mehr spricht. Sie pauken Mathematik und all das Zeug und wissen nicht, was amerikanische Buchführung ist. Und Sie lesen im Schiller und Goethe und wie sie da alle heißen, und wenn Sie einen Kurszettel lesen sollen, sind Sie aufgeschmissen. Mit diesem brotlosen Zimt verplempern Sie Ihre schönsten Jahre. Wie ich so alt war wie Sie, da hatte ich schon meine erste Alimentenklage – kennen Sie übrigens die Geschichte mit der Haustür?«

Pennäler nehmen für sich das Recht in Anspruch, auf die Penne zu schimpfen und sie lächerlich zu machen. Aber sie werden wild, wenn ein anderer sich untersteht.

»Mein lieber Herr Knoll«, fuhr Hans Pfeiffer hoch, »Sie haben da merkwürdige Ansichten. Das Gymnasium hat natürlich mit Beruf und Brotarbeit nichts zu tun. In diese Tretmühle kommt man früh genug. Ein Gymnasium ist keine Fortbildungsschule. Wem es darum geht, schnell ans Verdienen zu kommen, und wer den Menschen nur nach Brieftasche und Bankkonto bewertet, der braucht allerdings kein Gymnasium. Der gehört auch gar nicht dahin. Der wird auch nie begreifen, daß es noch andere Werte gibt, die sich nicht in Mark und Pfennig ausdrücken lassen, geistiges Besitztum, das man nicht kaufen, aber auch nie mehr verlieren kann. Das einen aus dem Dreck des Alltags heraushebt, Erholung für gute Tage und Trost und Zuflucht, wenn es einem mal dreckig geht. Sehen Sie, dafür gehen wir aufs Gymnasium.«

Seine Kameraden hatten offenen Mundes zugehört. Wie altklug der Pfeiffer manchmal reden konnte! Fast wie Direktor Knauer bei der Entlassungsfeier.

Herr Knoll aber ließ sich nicht abhalten und erzählte die Geschichte mit der Haustür, geriet in sein Fahrwasser, öffnete die Witzkiste.

Hans Pfeiffer wußte Bescheid. Reisende wie dieser Knoll sind bedauernswerte Menschen. Sie sind viel unterwegs, hocken in der Bahn und in dcn Gasthäusern beieinander, erleben nichts, langweilen sich, wollen sich um jeden Preis unterhalten, rennen in Tingeltangels und in Bumslokale, schnappen Witze auf, erzählen die Witze weiter und halten sich schließlich selbst für witzig oder gar humorvoll.

Knoll fand in der Tat nur einen aufmerksamen Zuhörer: sich selbst. Die vier Pennäler fühlten sich nicht glücklich dabei. Sie lachten pflichtschuldigst oder machten »Au!«, damit sie nicht in den Verdacht gerieten, die Pointe nicht verstanden zu haben. Herr Knoll war selig, nicht unterbrochen zu werden und keine Konkurrenz zu haben. Er fühlte sich. Und so ging es weiter, ohne abzureißen. So oft das Gedächtnis versagte, nahm er ein speckiges Notizbuch zu Hilfe und erzählte, was paradox ist. Oder was der Unterschied ist.

Hans wußte auch einen Unterschied:

»Was ist der Unterschied zwischen einem Nilpferd?«

Das war zu hoch für Herrn Knoll. »Der Unterschied zwischen einem Nilpferd und – was?«

»Weiter nichts. Der Unterschied zwischen einem Nilpferd!«

»– –«

»Am Lande läuft es, und im Wasser schwimmt es, haha.«

Herr Knoll angelte immer mehr Unterschiede aus seinem Notizbuch. Die Unterschiede standen den vier Primanern wie das Wasser an der Kehle. Sie waren nahe daran, in den Unterschieden zu ertrinken. Hans konnte nicht mehr.

»Verzeihung, Herr Knoll, kennen Sie den Unterschied zwischen einem guten Witz und einem schlechten?«

»Nö.«

»Das merkt man.«

Herr Knoll hielt auch das für einen Witz, lachte

pflichtschuldigst und blätterte wiederum in seinem Notizbuch. Da ging Rudi Knebel, der schon lange kochte, in die Offensive. Es war Notwehr.

»Kennen Sie den Unterschied zwischen drinnen und draußen?«

Herr Knoll zog ein blödes Gesicht; dann dämmerte es langsam in ihm. Er erhob sich, klappte die Hacken zusammen, nickte mit dem Kinn eine kurze, arrogante Verbeugung und zog Leine.

»Das nennt man Flucht in die stramme Haltung«, konstatierte Hans.

Die Störung war behoben. Aber die Stimmung war zum Teufel. Still tranken sie ihre Bierreste aus, gaben sich noch einmal das Stichwort für das morgige Komplott und tippelten nach Hause.

Die erste Stunde war Turnen. Da die Sonne schien, fand das Turnen auf dem Schulhof statt.

Turnlehrer Schmidt bevorzugte Übungen, die er nicht selbst vorzumachen brauchte. Tauziehen zum Beispiel konnte er nicht vormachen.

Infolgedessen gab es Tauziehen.

Die Jungen strengten sich keineswegs an. Es war beinahe so wie das Singen bei Fridolin. Nur nicht so laut.

Der Zweck der Übung leuchtete ihnen nicht ein. Warum sollten sie an dem Tau Kräfte entwickeln, die sich gegenseitig aufheben? Denn das war eine alte Erfahrung: Je stärker die eine Partei zog, desto stärker zog die andere dagegen. Es war eine ausgesprochene Kraftvergeudung. Turnlehrer Schmidt schimpfte. Aber es half nichts. Schlapp wie eine Wäscheleine baumelte das Tau zwischen den beiden Parteien.

Plötzlich geschieht etwas. Plötzlich fallen die Jungen in das Tau und ziehen, als gelte es ihre Seligkeit. Sie stemmen sich in den Boden, daß der Kies zum Himmel spritzt. Ihre Röcke berühren fast den Boden. Das Seil spannt sich, strammt sich wie eine Violinsaite – und reißt mitten durch.

Wenigstens beinahe.

Was war geschehen?

Turnlehrer Schmidt wußte es nicht.

Er konnte es auch nicht wissen. Er hatte den Rücken dahin gewendet, wo Eva, die blonde Tochter des Direktors, über den Schulhof geschritten war.

Eva.

Am Babenberger Gymnasium wurde wenig Gewicht auf Chemie gelegt. Die alten Griechen, anerkannt humanistisch gebildete Leute, waren gänzlich ohne Chemie ausgekommen. Und überdies war Chemie mit Gestank verknüpft.

Dennoch erfüllte Schnauz seine Pflicht. Von Rechts wegen hatte er nicht nötig, seinen selbstfabrizierten Heidelbeerwein mitzubringen und seine Schüler davon kosten zu lassen. Aber er wollte ihnen zeigen, daß Chemie nicht ohne praktische Bedeutung ist. Auch erhoffte er einen Zuwachs an Autorität, wenn sich die Schüler davon überzeugten, daß er nicht nur prächtig zu unterrichten, sondern auch einen Heidelbeerwein herzustellen imstande sei – einen Heidelbeerwein, der von einem unverschnittenen Burgunder schwer zu unterscheiden ist. Wenigstens nach Ansicht des Herrn Professor Crey.

Inzwischen war der große Augenblick gekommen. Die Primaner marschierten im Gänsemarsch am Katheder vorbei und empfingen ihren Probeschluck. Dann gingen sie in die Bänke zurück.

Aber eine gewisse Unruhe blieb, ein merkwürdiges Raunen und Tuscheln, weit über das übliche Maß hinaus, und nichts Gutes verheißend.

Auch der Schnauz wurde unruhig.

»Pfeiffer, Sie gäben nicht acht. Wederholen Sie: Was verstäht man onter alkoholischer Gärung?«

Pfeiffer erhob sich. Jetzt mußtc es losgehen.

»Also die alkoholische Gärung – oder vielmehr die Gärung des Alkohols – sie erzeugt Alkohol – das heißt also, der Alkohol erzeugt Gärung – sogenannte alkoholische Gärung –«

»Pfeiffer, Sie faseln.«

»Der gärende Alkohol fängt an zu faseln – fängt an, in faselnde Gärung überzugehen – und so entsteht Heidelbeerfusel – Heidelbeerfasel –«

»Was ist los met Ehnen?«

»Nichts, Herr Professor. Und wenn dann der Heidelbeerfusel, beziehungsweise der Alkohol – oder vielmehr der Heidelbeerkohl – ich meine: der gärende Altheidelbeerkohl –«

»Est Ehnen nicht wohl? – Oh, dann sätzen Sie sech. Hosemann, fahren Sie fort.«

Und Husemann mit todernstem Gesicht:

»Man kakakann den Wein mit A-a --- A-a -- ich kokomme nicht auf das Wort.«

»Seit wann stottern Sä?«

»Ich ststotottere doch gargarnicht. Aaaber mir dreht sich a-a-alles vor den Au-au-augen!«

»Oh, Hosemann, gähen Sä doch mal an die fresche Loft.«

Luck hat den Finger gehoben.

»Ich verstehe das gar nicht. Lock, wollen Sä mal fortfahren?«

Luck steht auf, macht den Mund auf und zu, würgt und bringt keine Silbe über die Lippen.

»Lock, ist Ehnen denn auch öbel?«

»Sehr --«

Professor Crey ist fassungslos. Er betupft sich mit seinem großen Taschentuch noch häufiger als sonst die Stirn und wird zusehends bleicher.

»Est sonst noch wem öbel?«

Der ganzen Klasse ist öbel. Man sieht es ihnen an. Die einen können nicht mehr geradestehen, die anderen lallen oder stöhnen oder grinsen blöde in die Luft. Die Dilettanten begnügen sich damit, den Kopf vornüber aufs Pult fallen zu lassen.

Rudi Knebel aber liefert sein Meisterstück. Er torkelt auf den Professor zu, fällt ihm um den Hals und johlt: »Der Wein – hupp – ist famos. Mein liebes Schnäuzchen – hupp – den saufen wir dir aus!«

Jetzt ist die Klasse nicht mehr zu halten. Ein fünfzehnstimmiges Plärren und Johlen, Grunzen und Brüllen setzt ein. Und fünfzehn Jungens torkeln und kugeln übereinander und durcheinander, daß man nicht mehr weiß, was oben und unten ist.

Dem Professor läuft es eiskalt über den Rücken. Was war mit dem Heidelbeerwein? Sollte sich infolge wilder Gärung vielleicht Methylalkohol gebildet haben? Oder ein sonstiges Gift? Drohende Formeln kreisen in seinem Hirn, überschlagen sich und zerfallen. In diesen wenigen Minuten büßt er für die spärlichen Sünden seines sechsundvierzigjährigen Lebens.

Hans Pfeiffer konnte es kaum noch mit ansehen und schloß die Augen. Aber da hat sich Professor Crey mit seiner letzten Energie zusammengerappelt und trifft die erforderlichen Anordnungen. Die ganze Klasse soll sich sofort an die frische Luft begeben, so leise und unauffällig wie möglich. Nicht auf den Schulhof, sondern auf die Straße, vielleicht etwas die Ecke herum, und dann sollen sie tief atmen und ganz ruhig bleiben. Oder sich irgendwo eine starke Tasse Kaffee geben lassen. – Zu diesem Behufe erhielt Hans Pfeiffer, der am wenigsten angegriffen schien, ein Fünfmarkstück.

Und mit bewegten Worten bat er seine lieben Primaner, sich recht gut zu erholen und nach der Pause, in der Stunde beim Herrn Direktor, sich nichts merken zu lassen.

Die Klasse gelobte es und torkelte davon.

Auf der Straße, um die Ecke herum, wurde zunächst der Betriebsfonds von fünf Mark durch freiwillige Spenden auf elf Mark fünfundsiebzig vergrößert. Diese Summe reichte aus, um einen zwar etwas eiligen, dafür aber intensiven Frühschoppen zu veranstalten. Und es ist gar nicht ausgeschlossen, daß bei einigen der Mitwirkenden der gefälschte Schwips bis zu einem gewissen Grade durch einen echten ersetzt wurde.

Als nach der Pause Direktor Knauer in die Oberprima einmarschierte, umfing ihn Totenstille. Eine Weile dachte er, er habe sich verlaufen. Vor seinen Augen entrollte sich ein Bild menschlichen Jammers. Da hingen seine stämmigen Primaner wie die Mehlsäcke zwischen den Bänken. Einige schienen zu schlafen, andere glotzten ihn stumpfsinnig an oder grinsten läppisch vor sich hin. Und keiner war aufgestanden. Keiner rührte sich.

Knauer vergegenwärtigte sich mit Schrecken, daß in Indien durchschnittlich 315490 Menschen an Cholera, 228023 an Pest und rund fünf Millionen an Malaria, Influenza und Typhus hinweggerafft werden.

»Husemann, was ist los?«

»Tralala.«

»Um Himmels willen – habt ihr was Schlechtes gegessen?«

»Dideldum.«

»Im Gegenteil.«

»Wir haben was Gutes getrunken, Herr Direktor. Hali und Hallo!«

»Jawohl, Herr Direktor, wir haben was – wir haben was – wir haben was getru-unken!«

»Was habt ihr getrunken?«

»Als gute Deutsche haben wir – hupp – guten deutschen Wein – hupp – getrunken.«

»Herr Direktor, darf ich mal 'raus?«

»Meinetwegen. – Aber trotzdem will ich wissen, wer euch den Wein gegeben hat.«

»Herr Direktor, darf ich mal 'raus?«

»Jawohl – also wer euch den Wein gegeben hat?«

»Den haben wir bei Professor Crey trinken müssen. Oh, mir ist so schlecht. Darf ich 'raus?«

Allen war so schlecht. Alle wollten 'raus.

Ackermann, der mit den vielen Ehrenämtern, muß Herrn Professor Crey holen.

Crey saß im Konferenzzimmer und korrigierte Hefte. Oder tat wenigstens so. In Wirklichkeit schwitzte er Blut.

Er bringt die Literflasche mit Heidelbeerwein mit und beteuert in einem fort: »Jeder nor einen wenzigen Schlock.« Und ob der Herr Direktor nicht einmal versuchen wolle?

Der Herr Direktor wehrt mit beiden Händen ab und wendet sich zur Klasse. »Ihr geht sofort nach Hause und legt euch zu Bett. Es wird wohl nicht so schlimm werden. Soweit erforderlich, laßt ihr den Arzt kommen; die Rechnungen könnt ihr an die Schule schicken.«

Jetzt war es erreicht. Leise und hastig schlichen die Bengels zur Tür hinaus, mit einem unheimlichen Gefühl im Nacken. Erst auf der Straße, in respektvoller Entfernung von der Lehranstalt, ließ man das Jubelgeheul vom Stapel.

In ihrer Begeisterung merkten sie nicht einmal, daß Hans Pfeiffer kehrtgemacht und sich wieder hinaufgeschlichen hatte. Oben stand er vor der Klassentür und belauschte das Duett zwischen dem Direktor und Schnauz. Keineswegs aus Schadenfreude oder aus literarischen Beweggründen. Danach war ihm gar nicht zumute. Nein, das Gewissen klopfte ihm. Und es tat recht daran.

Hans Pfeiffer konnte nicht alles verstehen. Er hörte nur, daß die Stimme von Professor Crey immer kleiner und die des Direktors immer mächtiger wurde.

»Herr Kollege, Sie haben meine Oberprima vergiftet.«

»Ich wollte nur die alkoholische Gärung –«

»Meine schöne Oberprima vergiftet!«

»Jäder nor einen wenzigen Schlock!«

»Jawohl, vergiftet sage ich. – Zunächst erwarte ich Ihren schriftlichen Bericht, Herr Kollege. Das Weitere wird sich –«

Da ist Hans Pfeiffer im Zimmer. Ihm ist jetzt wirklich primanerhaft zumute. Primanerhaft bis auf die Knochen. Er braucht nicht mehr zu schauspielern. Er hat unendliches Mitleid mit dem armen Schnauz und ist fast dem Heulen nahe.

»Pfeiffer, was suchen Sie hier?«

»Ich wollte um Verzeihung bitten.«

»Wieso um Verzeihung?«

»Ja, und da sind auch die fünf Mark wieder.«

»Welche fünf Mark?«

»Können Sie mir herausgeben?«

Der Direktor fixierte ihn entgeistert. »Sehen Sie, Herr Kollege, er redet irre.«

»Ich rede gar nicht irre. Aber das haben wir doch alles nur so gemacht. Wegen der griechischen Klassenarbeit um elf. Ich habe das angestiftet. Und es soll auch ganz bestimmt nicht wieder vorkommen.«

Es dauerte eine geraume Weile, bis die beiden Herren begriffen hatten. Und hernach dauerte es eine geraume Weile, bis sie begriffen, daß sie begriffen hatten. Und da schauten sie sich hilflos an. Das war noch nicht dagewesen. Das war nicht im

Lehrplan vorgesehen. Und darum überlegten sie, wie sie sich als Pädagogen jetzt zu benehmen hätten. Ob man den Verbrecher mit dem ganzen Vokabularium des höchsten pädagogischen Zornes anfauchen oder ihn mit grenzenloser Verachtung strafen sollte. Oder wie sonst die außergewöhnliche Mißbilligung angemessen zum Ausdruck zu bringen sei. Infolgedessen geschah zunächst nichts.

Schließlich fand Direktor Knauer – dafür war er Direktor – das erlösende Wort:

»Pfeiffer, holen Sie sofort die Klasse zurück.«

Aber die war längst über alle Berge.

Es ist dafür gesorgt, daß die Bäume nicht in den Himmel wachsen.

Am Nachmittag bekam Hans einen Brief von Marion. Er wußte schon, was darin stand. Es war immer dasselbe. In ihrer kühlen, nüchternen Art setzte sie ihm auseinander, daß es jetzt genug sei und daß er schließlich noch etwas anderes zu tun habe, als sich als Primaner auf einem Kleinstadtgymnasium herumzuflegeln. Der Brief war diesmal ungewöhnlich dick; Hans fand nicht den Mut, ihn zu öffnen. Er steckte ihn ungelesen in die Brusttasche, wie man es mit Rechtsanwaltsschreiben oder Lieferantenbriefen zu tun pflegt.

Außerdem hatte er keine Lust, sich seine Heidelbeerlaune verderben zu lassen. Gerade heute, wo er der Held des Tages war.

Bildete er sich ein.

Am Nachmittag, als man sich zum Baden am Fluß traf, wollte er seinen Triumph einkassieren. Man empfing ihn mit eisiger Kälte.

Die Situation war ganz einfach; daß er der Erfinder der Idee war, hatte man vergessen. Ideen werden ohnehin nur selten bewertet. Aber was man nicht vergessen hatte, war, daß er zu guter Letzt schlappgemacht und die Klasse verpetzt hatte.

Hans versuchte, ihnen die moralische Notwendigkeit auseinanderzusetzen. Sie hörten ihn nicht einmal an. Sogar Rudi Knebel schien von ihm abzurücken. Und Ernst Husemann brummelte etwas Unfreundliches.

Um so mehr schloß sich Luck an Hans Pfeiffer an. Als sie zusammen im heißen Sand lagen und sich von der Sonne bräunen ließen, bekam der kleine Luck Mut und erzählte ihm von seiner großen Liebe zu Lotte v. Halbach. Halbach war Landrat.

»Die ist doch mindestens zwei Köpfe größer als du.«

»Große Frauen habe ich gern.«

»Ist sie denn einigermaßen nett zu dir?«

»Nett? Wie denn nett?«

»Ich meine, ob sie sich was aus dir macht.«

»Das weiß ich doch nicht.«

»Siehst du sie oft?«

»Natürlich, jeden Tag.«

»Donnerwetter!«

»Jeden Tag, wenn sie aus der Schule kommt. Gestern bin ich ganz dicht an ihr vorbeigelaufen.«

»Vorbeigelaufen?«

»Ich glaube, sie hat mich nicht bemerkt.«

»Ja, sprichst du denn nicht mit ihr?«

»Du bist wohl wahnsinnig.«

Hans überlegte, ob er dem kleinen Luck diese hoffnungslose Sache ausreden sollte. Er ließ es bleiben. Er wußte, daß unglückliche Liebe glücklicher macht als glückliche.

»Du – Hans!«

»Ja?«

»Hans, ich glaube, die Frauen machen sich nichts aus mir.«

»Wie kommst du darauf?«

»Ich meine bloß so. Und sieh mal, in der Klasse kann mich auch keiner richtig leiden.«

»Und ich?«

»Vielleicht außer dir. Und ich tue ihnen doch nichts. Ich bin nett zu allen, mache jeden Fez mit und verpetze nie jemand. Wie kommt das eigentlich?«

Hans wußte es erschreckend genau. Aber er sagte nur: »Ich weiß es nicht.«

»Ich glaube, sie halten mich für feige.«

»Möglich. Du siehst ja auch nicht gerade sehr gewalttätig aus.«

»Das ist ja Blech. Mut hat man im Kopf und nicht im Bizeps. Wer als Herkules herumläuft, hat es leicht, mutig zu sein. Aber weißt du, Hans, ich möchte denen doch mal gelegentlich zeigen, was Courage ist. Die sollen sich wundern. Ich möchte mal was anstellen. Aber was ganz Tolles. Weißt du, wo deine Heidelbeersache gar nichts gegen ist. So etwas, wo die ganze Stadt von redet.«

»Mach keine Dummheiten, Luck. Überlasse anderen die Mannestaten. Dir steht das nicht.«

Als der kleine Luck, allmählich etwas kalt und blau geworden, in seine Kleider schlüpfte, verzog er schmerzlich das Gesicht. Hans Pfeiffer kam ihm zu Hilfe. Man hatte dem Luck Hose und Hemd mit Stecknadeln gespickt. Es dauerte erst eine ganze Weile, bis man sie alle herausgezogen hatte. Und dann waren es doch nicht alle.

Auf dem Nachhauseweg kam Hans Pfeiffer wieder ins Philosophieren.

»Du mußt dir darüber klarwerden, Luck: Der Mensch ist von Natur aus roh und ohne Mitleid. Genau wie die Natur selbst. Auch die Kinder sind es noch. Sie quälen Tiere, rupfen den Fliegen die Beinchen aus, schneiden Regenwürmer in Scheiben und denken sich nichts Böses. Mitleid ist Kulturerzeugnis und wird anerzogen.«

»Aber Primaner sind doch keine Kinder.«

»Darüber läßt sich streiten. Frag mal unsere Lehrer. Übrigens, der einzelne tut dir ja auch nichts. Aber immer da, wo sich Massen bilden, wo der Mensch zur Menge wird, regen sich tiefe Instinkte. Denk an Volksversammlungen, an Revolutionen, an Lynchjustiz. Abgesehen davon hat aber auch jeder einzelne das Bedürfnis, seine Bosheit irgendwo auszulassen oder wenigstens seine schlechte Laune. Viele halten sich einen Hund. Wie sich früher die Fürsten einen Hofnarren hielten. Nach dem Gesetz des geringsten Widerstandes nimmt man sich dazu einen möglichst Schwachen. Du hast nun mal das Pech, in der Klasse der Schwächste zu sein.«

»Aber nicht mit dem Kopf, bitte sehr.«

»Um so schlimmer für dich. Das können sie schon gar nicht ertragen, daß ein Schwacher sich erdreistet, klug zu sein. Sie werden dem Schwachen immer beweisen, daß ihm seine Klugheit nichts nutzt. Aber nun kommt das Scheußliche, mein guter Junge: Wenn das Piesacken mal angefangen hat, dann wird es Mode. Dann tut es jeder mit, ohne zu wissen, wieso und warum. Das ist im öffentlichen Leben genauso wie im kleinen und privaten.«

»Hans, jetzt tue ich es gerade.«

»Was?«

»Das weiß ich noch nicht. Ich werde schon was finden.«

Am nächsten Tag meldete sich Hans beim Kastellan des Gymnasiums, um seinen Karzer abzusitzen.

Hans strahlte vor Glück. Er hielt Karzer für den Inbegriff aller Schülerromantik und war sichtlich stolz darauf, in den kurzen Wochen seiner Anwesenheit einen solch offenkundigen Erfolg errungen zu haben.

Der Kastellan führte ihn ins Erdgeschoß eines Seitenflügels. Er hieß Kliemke und war ein muffiger Patron. Er hielt sich selbst für die wichtigste Person der Schule, jedenfalls für wichtiger als die Lehrer. Denn Lehrer gab es viele an der Schule. Ihn aber gab es nur einmal. Außerdem konnte er tischlern und tapezieren.

Vor der Karzertür griff Hans in die Tasche.

»Hier sind zwei Mark. Besorgen Sie mir ein paar Flaschen Bier.«

»Alkoholische Getränke sind verboten. – Haben Sie was zu rauchen?«

»Gott sei Dank«, erwiderte Hans und schwang sein gefülltes Zigarettenetui.

»Rauchen ist auch verboten.«

Und schon war das Etui konfisziert.

»Karack« machte der rostige Schlüssel, und dann war Hans Pfeiffer eingesperrt. Wunderbar. Jetzt hatte er drei Stunden Zeit, sich mit seiner Zelle vertraut zu machen.

Das Karzerlokal war nichts anderes als eine leere Rumpelkammer von unsagbarer Öde und Traurigkeit. Vier lieblos gekalkte Wände. Von den berühmten Karzer-Inschriften, die Hans zu psychologischen und folkloristischen Studien zu verwenden gedachte, fand sich keine Spur. Das einzige Möbelstück war eine kleine Holzbank.

Hans zog Notizbuch und Bleistift und schickte sich an, ein grimmiges Feuilleton zu schreiben über verlogene Romantik. Nach den ersten drei Worten brach ihm vor Grimm die Spitze des Bleistiftes. Ein Taschenmesser hatte er nicht bei sich. Darum dachte er sich ein Gedicht aus, in welchem er den Wert eines Taschenmessers besang. Er wollte sich das Gedicht aufnotieren. Zum abgebrochenen Bleistift aber fehlte immer noch das Taschenmesser.

Der Kastellan würde ihm einen Bleistift besorgen. Das war sicher nicht gegen die Schulordnung. Hans suchte rechts und links, oben und unten, aber er fand keine Klingel. Bedienung war nicht vorgesehen.

»Schweinerei!« sagte Hans laut vor sich hin. Dann setzte er sich auf die kleine Bank, stützte den Ellbogen auf die Knie und den Kopf auf die Handfläche. Er versuchte zu schlafen. So wie man es in der Klasse macht. Aber es wurde nichts. Es fehlte das wohltuende Geräusch des dozierenden Lehrers.

Das sollte nun ein Karzer sein! Ein Mumpitz war es, ein aufgelegter Betrug.

Er versuchte, wenigstens zu dösen. Dabei kam er ins Nachdenken über sich und die Welt und ging in sich.

Der Karzer erfüllte seinen Zweck.

Hans zog Bilanz. Die Sache mit dem Heidelbeerwein war ihm auf die Butterseite gefallen. Der Vorsagespiegel war vergessen; ein anderer konnte ihn neu erfinden. Das Ding mit dem verschwundenen Schuh war anonym geblieben. Das einzige, womit er immer noch imponierte, war sein Jiu-Jitsu-Griff. So ist die Welt, dachte er. Bizeps schlägt Großhirnrinde 10 : 1!

Er hatte es satt. Den Schulbetrieb kannte er. Frau Windscheid fiel ihm langsam auf die Nerven. Auch sonst war nichts los. Demnächst war Sommerfest des Ruder- und Schwimmvereins. Die Honoratioren werden vollständig erscheinen. Die Honoratioren haben Töchter. Vielleicht auch hübsche Töchter. Aber nicht für ihn, den kleinen Primaner. Auch nicht für ihn, den verwöhnten Schriftsteller. Und erst recht nicht für ihn, den ausgekniffenen Bräutigam.

Wie er nun da hockte und mangels Besserem ein reiches Innenleben führte, vernahm er Wispern und Kichern draußen auf dem Gang.

Einem Menschen, der Langeweile hat, ist jedes Geräusch willkommen. Hans spitzte unauffällig die Ohren.

Das waren weibliche Stimmen da draußen. Helle weibliche Stimmen. Putzfrauen? Bewahre. Das waren keine Putzfrauen. Das war eine Oktave höher.

»Wollt ihr mal einen richtigen Karzer sehen.«

»Ist er auch vergittert?«

»Wenn wir Glück haben, sitzt einer drin.«

»Richtig bei Wasser und Brot? Huh!«

Das Gekicher kam näher und machte vor der Tür halt. Hans fühlt, daß er beobachtet wird. Er dreht sich um und bemerkt ein kleines Guckloch und darin abwechselnd ein braunes Auge, ein blaues und eines von ungewisser Farbe. Hans nimmt ein Stück Papier und klebt es mit Spucke über das Guckloch. Es wird von außen weggestoßen. Die Augen sind wieder da; abwechselnd ein blaues, ein braunes und ein ungewisses. Zwischendurch Wispern und Kichern.

Augen, die durch eine Larve schauen, sind gespenstisch. Aber Augen, die einen Menschen durchs Guckloch anstarren, können Raserei bewirken. Hans zwingt sich zur Ruhe. Wie ein gefangenes Tier, dachte er. Wie ein Schimpanse, der sich in seinem Käfig begaffen lassen muß.

Entschlossen macht er auf seiner Bank kehrt und zeigt dem Guckloch seine Hinterfront.

Die Mädels ließen nicht locker. Nun gerade nicht.

»Sie! Sind Sie der mit dem Heidelbeerwein?«

»Sie – das haben Sie fein gemacht.«

»Sie! Sie haben wohl rechte Langeweile?«

»Wollen Sie nicht ein bißchen mit uns spazierengehen?«

»Laß ihn doch. Der hat heute keine Zeit.«

Das Bewußtsein, zwischen sich und dem angeredeten Jüngling eine fest verschlossene Pforte zu haben, machte die Mädchen kühn.

Hans war sich nicht im klaren, ob er als Schriftsteller oder als Oberprimaner zu reagieren habe. »Alberne Gänse!« schnob er. Es war ihm nichts Besseres eingefallen. Doch schien es geholfen zu haben. Denn draußen war nichts mehr zu hören.

Das war natürlich Komödie von den Mädchen. Sie wollten ihn durch Ungewißheit narren. Und richtig, nach zwei Minuten ertönte es wiederum.

»Sie!«

Hans hatte den Humor verloren. Einen Wehrlosen aufzuziehen, das war schon was Rechtes. Der Fall Luck fiel ihm ein.

»Sie – wollen Sie vielleicht eine Zigarette?«

Und schon erschien eine im Guckloch. Hans sprang auf und grapschte danach. Aber weg war sie.

»Sie dürfen ja gar nicht rauchen. Das ist verboten im Karzer. Aber wir können Ihnen was vorrauchen.«

Hans zermarterte sein Gehirn. Was mögen das für Mädchen sein?

Während er überlegte, erschien ein Mund im

Guckloch, und gespitzte Lippen bliesen eine dicke Wolke in den Raum. Dann ein anderer Mund, der dasselbe tat. Dann ein dritter. Immer abwechselnd, mit gespitzten Lippen Rauch blasend. Ein herzförmiger, ein kirschförmiger und ein kußförmiger.

Der kleine Raum war schnell mit Rauch erfüllt.

»Eva, jetzt müßte dein Vater kommen«, jubelte es draußen.

»Dann kriegt er nochmal Karzer, weil er geraucht hat.«

Aus dem Direktor machte sich Hans herzlich wenig. Aber diese Lippenparade ging allmählich über seine Kraft.

»Meine Damen, ich warne Sie!«

Die Damen ließen sich nicht warnen. Sie spitzten ihren Mund noch spitzer und bliesen noch emsiger. Ein kirschförmiger, ein herzförmiger und ein kußförmiger.

Jetzt hat es geschnappt, denkt Hans, kauert sich unhörbar an der Karzertür nieder und wartet. Zum Sprung geduckt wie ein Panther. Und im selben Augenblick, wo wieder eins der Mädel den Mund durchs Guckloch steckt, hat Hans von innen das gleiche getan – und fühlt zwei Lippen auf den seinen.

Herz, Kirsche oder Kuß?

Am Abend dieses denkwürdigen Tages schrieb Hans folgenden Brief:

Liebste Marion, ich danke Dir für Deine Briefe. Aber ich kann jetzt unter keinen Umständen zurückkommen. Hier ist es herrlich. Ich habe auch noch viel zu lernen. Frau Windscheid gefällt mir immer besser, und es ist auch sehr viel los hier. Heute habe ich den Sohn unseres Direktors kennengelernt. Ein reizender Kerl, furchtbar lieb und drollig. Wir werden uns vielleicht häufiger treffen.

In Treue
Dein Hans.

Bei dem Wort »Treue« streikte die Feder. Aber es half ihr nichts.

Mit Hans Pfeiffer ging eine seltsame Veränderung vor. Er wurde eitel.

Seine Jünglingsanzüge von der Stange waren ihm auf einmal nicht mehr gut genug. Er ließ in Babenberg neue Anzüge machen; sie wurden nicht so wie von seinem Berliner Maßschneider, aber immerhin menschenwürdig, und waren auch in den Ärmeln nicht zu kurz. Er kaufte sich eine neue Schülermütze, eine in Luxusausführung, und verwandte geraume Zeit darauf, in den Mützenrand die Kniffe zu bringen, die gerade in Mode waren. Er trug auch wieder seine alte Schildpattbrille, rasierte sich zweimal am Tage, eine selbst für einen Pennäler ungewöhnliche Maßnahme, und stand stundenlang vor dem Spiegel, um mit harter Bürste und viel Pomade sein kurzgeschnittenes störrisches Haar nach hinten zu legen. Er kaufte sich sogar einen unternehmungslustigen Spazierstock, ein Bambusrohr mit einem Silberring. Mit einem Wort, er wurde ein Dandy unter den Primanern. Der lange Rosen verblaßte neben ihm.

Dem mütterlichen Auge der Frau Windscheid blieb diese Wandlung nicht verborgen. Sie war keineswegs erbaut davon. »Das hat man nicht gern, wenn die Kinder plötzlich eitel werden. Der meine fing auch so an.«

Seine Klassenkameraden staunten und stießen sich heimlich in die Seite. »Aha«, tuschelten sie, »er nimmt langsam Schliff bei uns an.«

Auch sonst zeigte er allerhand Anzeichen beginnender Kultur. Vor allen Dingen wurde er faul.

Einmal widerfuhr es ihm, daß er sich gut vorbereitet hatte. Und nicht dran kam. Darüber ärgerte er sich gewaltig und beschloß, dafür zu sorgen, daß ihm das nicht noch einmal passierte. Ein anderes Mal hatte er infolge eines katastrophalen Versehens eine erst für Mittwoch fällige Übersetzung schon für Dienstag angefertigt. Als er das merkte, bekam er einen Wutanfall und zerriß die Arbeit in kleine Stücke.

Er entwickelte allmählich ein ausgeklügeltes System der Faulheit. Hausarbeiten wurden ganz grundsätzlich in den Schulstunden hinter dem dekkenden Rücken des Vordermannes erledigt; im Notfall auch während der Pause an einem Ort, wo die Luft rein war. Wenn dann aus irgendeinem Grund einmal eine spätere Stunde vorverlegt wurde, kam er trotzdem nicht in Verlegenheit; dann nahm er seinen Farbkasten und beschmierte sich das Gesicht grauenvoll mit Zinnober und ließ sich wegen Nasenblutens nach Hause schicken. Klassenarbeiten schrieb er vom kleinen Luck ab und bekam häufig eine bessere Note als Luck selbst, worüber er sich aber keineswegs wunderte. Als Schriftsteller war ihm längst bekannt, daß ein Plagiat oft mehr einbringt als das Original.

Sein Ansehen in der Klasse stieg gewaltig. Er war nicht mehr der Neue; er gehörte jetzt zu ihnen.

Die kollektive Hausarbeit trat in den Hintergrund. Wenn seine Mitarbeiter zu ihm kamen, war er meist schon ausgeflogen oder stand gerade im Begriff und war nicht zu halten.

»Wo willst du hin? Sollen wir zusammen gehen?«

»Nö, laßt nur –«

»Ach sooo! – Dann viel Vergnügen.«

Wie schon erwähnt, führte Direktor Knauer ein vorbildliches Familienleben. Dies vor allem am Sonntagnachmittag, wenn er mit Gattin und Tochter ins Grüne pilgerte.

Mitunter schloß Professor Crey sich an. Einerseits, weil er als verdienstvoller Lehrer das nächste Anrecht auf diese Auszeichnung hatte; sodann und hauptsächlich aber, weil Frau Direktor Knauer es für richtig hielt.

Professor Crey war sich dieser Auszeichnung durchaus bewußt. Den Ernst der Angelegenheit betonte er durch einen feierlichen Bratenrock und weiße Gamaschen, die gehobene Stimmung durch ein keckes Filzhütchen mit übermütig aufgebogenem Rand, seine Naturliebe jedoch durch eine angesteckte Nelke, deren Stiel hinter dem Knopfloch in einem wassergefüllten Reagenzglas stak. Diese Vorrichtung hatte er selbst ersonnen, und er war sehr stolz darauf, daß sie mehrfach nachgeahmt wurde.

Auch Eva wurde dementsprechend hergerichtet. Ihre lustigen Zöpfe verschwanden unter dem Hut. Die Handtasche hatte ein ansehnliches Format. Auch ein Schirm durfte nicht fehlen. So sah sie aus wie der leibhaftige Sonntagnachmittag.

Crey und Direktor Knauer stiegen voran und fachsimpelten. Oft geriet das Gespräch auf Hans Pfeiffer, und dann kamen sie unwillkürlich in ein solches Marschtempo, daß der Frau Direktor die Puste ausblieb. Darum hegte sie auf logischen Umwegen gegen besagten Primaner einen geheimen Groll.

Es ging die alte Stadtmauer entlang, am Hexentor vorüber. Hier war der alte Teil der Stadt.

Merkwürdige Häuschen, krumm und wie von der Gicht verzogen, waren wie Schwalbennester an die Reste der Stadtmauer angeklebt. Andere standen frei und selbstbewußt und hatten lange Giebeldächer, die seitwärts verlängert waren und bis in Greifhöhe reichten. Die Leute hatten sich in Anbetracht des Sonntags die Stühle herausgeholt und saßen hemdsärmelig auf der Straße.

Dann den Leinpfad am Fluß entlang. Hier treidelten einst Pferde die Lastkähne stromaufwärts. Jetzt war es eine Promenade für festlich angezogene Bürger.

Der Fluß war nicht sonderlich belebt. Lange Schleppkähne lungerten verlassen am Ufer oder waren in Anbetracht des Sonntags vor Anker gegangen. Rund zehntausend Zentner faßt so ein Fahrzeug, stromabwärts Kohlen, Eisen, Getreide und Kalk befördernd, stromauf Petroleum, Heringe, Fette und Düngemittel. Die kleinen Schifferkajüten am Heck sind grün und weiß gestrichen. Auf den Wäscheleinen flattern vergnügt Bettücher und Kinderhöschen. Der Schiffer sitzt in der Sonne und raucht; die Frau schält Kartoffeln in abenteuerlichen Mengen. Das Kleine spielt und ist an einem langen Strick angeseilt, damit es nicht über Bord geraten kann. Es sieht spaßig aus, ist aber praktisch.

Direktor Knauer hat kein Auge dafür. Vor allen Dingen aber keine Zeit. Denn er muß fortwährend den Hut ziehen. Ein jeder kennt ihn, und ein jeder freut sich, den angesehenen, freundlichen Mann grüßen zu dürfen. Sein Hut steht nicht still.

Eva war heute nicht wie sonst. Sie fühlte sich etwas bedrückt durch den Sonntagshut, die Sonntagsfrisur, das Sonntagskleid und die Sonntagshandtasche. Vor allen Dingen aber war es nicht nach ihrem Geschmack, in dieser Aufmachung den Babenbergern im allgemeinen und dem Professor Crey im besonderen vorgeführt zu werden. Aber Mama Knauer hielt es für richtig.

»Eva«, sagte sie, »du mußt dich mal ein bißchen um den Herrn Professor kümmern. Dazu ist er ja schließlich mitgekommen.« Dann hakte sie ihren Mann ein. »Ernst, laß mal die Kinder vorgehen.«

Die Kolonne wurde umgeformt. Die »Kinder« gingen voran, Herr und Frau Knauer in wohlgemessenem Abstand hinterdrein.

Professor Crey schwimmt in Wonne. Er ist galant und trägt beiden Damen die Mäntel, die Schirme und die Handtaschen. Er würde alles tragen. Er schwitzt wie ein Lastesel und weiß es nicht.

Eva ist nett zu ihm und bemüht sich, ein Gespräch in Gang zu bringen.

»Wie alt sind Sie eigentlich, Herr Professor?«

»Der Onterschied zwischen ons ist nicht groß. Die Hauptsache ist, man föhlt ein junges Herz und nimmt rägen Anteil an den Vergnügungen der Jugend.«

»Dann kommen Sie auch sicher zum Sommerfest vom Sport- und Schwimmverein?«

»Em allgemeinen pfläge ich solche Vergnögungen necht zo besochen. Aber wenn Sä hinkommen, darf ech bestemmt necht fählen.«

Eva biegt das Gespräch ab und plaudert von ihren Schwimmkünsten und von dem Paddelboot, das sie sich schon seit zwei Jahren vergeblich wünscht.

In einer Sommerwirtschaft wird Kaffee getrunken. Eva muß das Hausmütterchen machen, den Kaffee einschenken und die Butterbrote auspakken. Inzwischen geraten die beiden Herren wieder ins Fachsimpeln. Eva bekommt von der Frau Mama einen leisen Stoß in die Rippen. »Kind, du wolltest dich doch mit dem Professor beschäftigen!«

Eva nimmt einszweidrei den steifbeinigen Mann bei der Hand und zerrt ihn hinter sich her:

»Professor, kommen Sie mit!«

Schnauz erwartet freudebang eine kleine Promenade, bei der man sich vielleicht etwas aussprechen kann. Statt dessen wird er von Eva zum Kinderspielplatz gelockt und soll mit ihr auf die Wippe.

Kaum hat er das Schaukelinstrument erblickt, als es ihn drängt, einen physikalischen Vortrag zu halten über den gleicharmigen Häbel. Aber das nützt ihm nichts. Unerbittlich zwingt ihn Eva hinauf.

Nachdem er sich scheu im Kreise umgeblickt hat, ob nicht einer seiner Schöler in der Nähe ist und ihn bei Ausöbung dieser immerhin onwördigen Belostigung zu beobachten vermag, legt er sein überlebensgroßes Taschentuch auf den Sitz und kraxelt behutsam auf die Wippe. Wie eine Katze springt Eva auf das andere Ende. Schnauz wendet verschämt den Blick beiseite und denkt: Mädchen sollten sech necht rettlings auf eine Schaukel sätzen. Zo meiner Zeit wäre das necht möglich gewäsen. Er guckt aber trotzdem. Eva hat die Wippe in Bewegung gebracht. Auf – ab. Auf – ab. Auf – ab. Crey klammert sich mit Armen und Beinen an dem Balken fest und sieht aus wie ein Sonntagsreiter auf galoppierendem Gaul. Und macht dem Mädchen verzweifelte Zeichen, mit dem Wippen aufzuhören.

Das hatte seinen besonderen Grund. Hans Pfeiffer, sein Lieblingsschöler, ist aufgetaucht. Ob es reiner Zufall war, daß Hans in dieser Gegend herumstrich, soll nicht untersucht werden. Es genügt die Tatsache, daß er seinen Ordinarius bei einer höchst kindlichen Beschäftigung und in heftigster Bewegung vorfand. Wäre Hans ein taktvoller Mensch gewesen, hätte er weggeguckt oder nach Hasenart einen Haken geschlagen. Aber er war kein taktvoller Mensch, sondern trudelte dicht an der Wippe vorbei und grüßte zweimal. Das erstemal leise und andächtig zu Eva hinüber. Das zweitemal, indem er die Mütze mit ironisch übertriebener Ehrerbietung bis zum Boden riß.

Es ist möglich, daß Eva ein bißchen errötete.

Es ist aber sicher, daß Schnauz bleicher wurde als zuvor.

Eva ließ sich nichts merken, sondern wippte jetzt drauf los, wie wild. Auf – ab. Auf – ab. Auf – ab.

Als Schnauz endlich begnadigt wurde, war er ein gebrochener Mann. Und das Reagenzglas war ein gebrochenes Glas.

Eva geleitete ihn zum Tisch zurück.

»Aber Evchen, was hast du mit dem Herrn Professor gemacht?«

»Ich habe mich mit ihm beschäftigt, Mama. Es war himmlisch!«

Professor Crey schwieg. Er sagte überhaupt nicht mehr viel an diesem Nachmittag. Aber er dachte sich sein Teil: Wenn sä erst mal verheiratet est und fönf Kinder hat, weppt sä necht mehr.

Auch beim Denken hatte er diese Aussprache.

Am nächsten Morgen konnte Pfeiffer den ersten Koalitionskrieg nicht. Er bekam eine »vier bis fünf« und die übliche Ansprache.

Schnauz war ohnehin schlechter Laune. Er hatte sich vorher gerade in der Untertertia geärgert. Als er dort eingetreten war, hatte an der Tafel in monumentaler Größe das Wort »Schnauz« gestanden. Darauf hatte er mitleidig den Kopf geschüttelt und den Primus gefragt: »Schohmacher, was bedeutet däse Schreft?«

»Das wissen wir nicht.«

»Wär est das gewäsen?«

»Das hat schon hier gestanden.«

»Warom worde das necht abgewescht?«

»Wir wußten doch nicht, ob das vielleicht wichtig ist.«

Jetzt mußte Pfeiffer unter der schlechten Laune leiden. Der Schnauz tat etwas, was er sonst nie zu tun pflegte, er wurde persönlich.

»Pfeiffer, Sä werden emmer dömmer.«

Die Klasse feixt.

»Pfeiffer, Sä gähen zo viel spazieren.«

»Das vielleicht weniger, Herr Professor. Aber ich konnte gestern nicht arbeiten, ich hatte zuviel geschaukelt. Hier ist die Bescheinigung von meiner Wirtin.«

Schaukeln als Entschuldigung war immerhin neu. Sogar für die Oberprima in Babenberg. Die Klasse hielt den Atem an. Es kam aber nichts. Nicht einmal das obligate »Sä send albern«. Professor Crey begab sich aufs Katheder und sagte eine Weile nichts. Er war offensichtlich nicht in Form. Dann ließ er die Hefte aufschlagen und eine Stilübung über den ersten Koalitionskrieg schreiben.

Ein dumpfer Seufzer ging durch die Klasse. Diese Art der Beschäftigung ist für den Schüler weniger angenehm als für den Lehrer.

Aber dann geschah etwas, was man bei dem vorsichtigen Professor Crey sonst nicht gewohnt war: Er zog eine großmächtige Zeitung aus der Tasche, verkroch sich dahinter und ließ seine Jungen schreiben.

Das wurde weidlich ausgenutzt. Die Klasse wurde eine Arbeitsgemeinschaft. Hefte und Zettel kursierten durch die Bänke. Der kleine Luck entwarf die Arbeit allein dreimal. Eine für Rudi Knebel, eine für Hans Pfeiffer, und schließlich auch noch eine für sich selbst; aber mit dieser kam er nicht mehr ganz zu Ende.

Am Schluß der Stunde faltete Professor Crey seine Zeitung zusammen und diktierte:

»Ackermann, schreiben Sä ins Klassenbooch: Eine Stonde Arrest für Hosemann, Schrader, Stopp, Möhlbach, Aeverhardt, Gugenheim und Mählworm wägen Abschreibens, Knäbel wägen Schneidens alberner Grimassen, Pfeiffer wägen Läsens eines Bräfes.«

Es war ganz einfach. Er hatte ein kleines Loch in die ›Tägliche Rundschau‹ gepiekt. Bömmel hatte ihm den Trick verraten. Eigens um ihn auszuprobieren, hatte Schnauz die Stilübung schreiben lassen.

Pfeiffer wurde separat vorgenommen:

»Wo est der Bräf?«

Hans weigert sich und stottert etwas von Briefgeheimnis. Aber ehe er sich's versieht, hat der Schnauz mit geschwinder Hand in die Brusttasche des Schölers gegriffen und ein kleines hellblaues Etwas hervorgezogen.

»Vom wäm est dieser Bräf?«

»Der ist privat.«

Schnauz beginnt zu lesen. »Wär est großes E Ponkt?«

»Das hat mit der Schule nichts zu tun.«

»Wär est großes E Ponkt??«

»Das geht Sie nichts an!«

Nun war es aus. Pfeiffer muß mit zum Herrn Direktor.

Hans trottet wie ein begossener Pudel hinter Schnauz her und zermartert sein Primanergehirn. Es muß doch einen Ausweg geben. Er hat noch dreißig Sekunden. Wenn er zum Beispiel sagte -- oder noch besser -- Aber »der Zeus« wird die Handschrift erkennen. Noch fünfzehn Sekunden. Oder wenn er einen Magenkrampf markierte? Oder eine Ohnmacht? Aber der Brief! Der Brief!

Nun sind sie beim Direktor.

Professor Crey erstattet Bericht und will gerade das Corpus delicti in die Hände des Direktors ausliefern – da hat Hans mit einem affenartigen Griff das Zettelchen geschnappt.

»Gäben Se den Bräf!«

Hans ist froh, daß er ihn hat.

»Gäben Se den Bräf!«

Aber er weiß nicht, wohin damit. Er zerknüdelt ihn in der Hand.

»Gäben – Se – den – Bräf!!!«

»Zu spät«, sagt Hans. Er hat ihn in den Mund gesteckt und frißt ihn auf.

Es ist niemals herausgekommen, wer »großes E Ponkt« war.

Eva hat sich gegen drei Uhr zu Hause gedrückt; sie wollte zu ihrer Freundin Lisbeth.

Lisbeth hatte drei schätzenswerte Eigenschaften: Erstens wohnte sie sehr weit, in einem kleinen Vorort. Zweitens hatte sie kein Telephon. Und drittens war sie vollkommen zuverlässig.

Es war sicher nur ein Zufall, daß auch Hans Pfeiffer an diesem Nachmittag nicht zu Hause war. Knebel, Luck und Husemann waren um halb vier gekommen, um Schularbeit zu machen, und hatten das Nest leer gefunden. Nachdem sie eine Stunde auf Hans gewartet hatten, zogen sie schimpfend ab, nicht ohne ihm vorher seine Drahtbürste unter das Bettuch gelegt und die Zahnpasta gegen eine Tube Hautcreme vertauscht zu haben.

Indessen schritten Hans und Eva durch den Wald.

Sie hatten sich wie Kinder bei der Hand gefaßt. Aber das war eigentlich nur ein Versehen. Beim Überschreiten eines Baumstammes hatte Hans ihr galant die Hand gereicht und nachher vergessen, sie wieder loszulassen. Eva vergaß es gleichfalls. Aber sie fühlten sich beide recht wohl dabei. Von Zeit zu Zeit spürte Hans ein leichtes Zucken ihrer Hand. Vielleicht war es auch nur Einbildung. Jedenfalls war er restlos glücklich und wußte im Augenblick nicht, was er sich auf der Welt noch jemals weiter wünschen sollte, als mit dem lieben, lustigen Mädchen Hand in Hand durch den Wald zu streichen.

So genügsam war er in Berlin nie gewesen.

Natürlich sprechen sie von der Schule und renommierten mit ihren Lehrern und ihren dagegen verübten Heldentaten. Besonders stolz war Eva auf ihre Englisch-Lehrerin, die auf den Spitznamen »Miß Porridge« hörte und von einer solchen Bazillenfurcht beseelt war, daß sie keinem Menschen die Hand gab und die Türklinken nur mit dem Ellenbogen öffnete. Hans führte dagegen Bömmel ins Feld, der allerdings konkurrenzlos war. Seine neueste Errungenschaft war, schlafende Schüler durch Werfen mit einem nassen Schwamm zu wekken; der Effekt war, daß sich alle schlafend stellten und Bömmel in Verzweiflung brachten, weil nur ein Schwamm zur Verfügung stand. Die Sache war natürlich zur Hälfte gelogen. Es muß bei dieser Gelegenheit leider festgestellt werden, daß Hans Pfeiffer überhaupt nicht so peinlich wahrheitsliebend war, wie man es von einem großen Schriftsteller erwarten sollte.

Seine Magenschmerzen hatten sich längst gelegt. Er überlegte, ob er nicht dennoch von dem verschluckten Brief erzählen sollte; er fand seine Tat ebenso mutig wie originell. Andererseits wollte er Eva aber auch nicht auf die Gefahren ihrer Tändelei aufmerksam machen. So kämpften Eitelkeit und Klugheit in seiner Brust. Als er die Geschichte glücklich erzählt hatte, erfuhr er von Eva, daß sie vorsichtigerweise den Brief von ihrer zuverlässigen Freundin Lisbeth hatte schreiben lassen. Es hätte gar nichts passieren können.

So waren sie allmählich bei dem alten Schloß angelangt, das ihm Eva zeigen wollte. Dies war natürlich der äußere Vorwand des Ausfluges. Hans hätte das Schloß auch sehr gut allein gefunden, ja, er kannte es bereits in allen Winkeln und hatte dort kulturhistorische Studien angestellt. Aber er tat dumm und ließ sich von Eva führen. Treppauf, treppab, über die alten ausgewaschenen Stufen und leicht glitschigen Steinplatten, durch modrige Gänge und gruselige Gewölbe bis hinab ins Burgverlies, dann hinauf auf die dicken bröckelnden Mauern, schwindelnden Wehrgänge bis in den klobigen, verfallenen Turm. Merkwürdig, heute kam ihm alles viel romantischer, viel geheimnisvoller vor. Eva erzählte in einem fort, was sie über das Schloß wußte. Hans hörte nicht zu, sondern berauschte sich an dem Klang ihrer klaren Stimme und sah sie unentwegt von der Seite an.

Als sie in den noch bewohnten Neubau des Schlosses kamen, hörte er von ihr eine besonders hübsche Geschichte, die nicht im amtlichen Burgenführer verzeichnet war: Eines Tages erschien bei der Fürstin ein Bauer und ließ bescheiden fragen, ob er seinem Enkelkind die Urgroßmutter zeigen dürfe. Die Fürstin wußte auf diese Frage nichts zu entgegnen und bat um nähere Erklärungen. Da fragte der Bauer, ob es gestattet sei, das Schloß zu betreten und sich im Saal umzuschauen. Die Fürstin führte den Bauern mit seinem Enkelkind in die große Halle. Diese war bis vor wenigen Jahren ein verräucherter und verschmutzter Stall gewesen; da hatte die Fürstin ohne viel Federlesens ihre sämtlichen Mägde zusammengetrommelt und Decken und Wände mit Seife, Sand und Soda abschrubben lassen. Und da kamen die alten allegorischen Gemälde, die ein halbes Jahrhundert lieblos übertüncht gewesen waren, wieder zum Vorschein: An den Wänden und Decken tummelten sich Zeus, Apoll, Hera, Artemis und die übrigen Insassen des Olymps nebst Hunderten von Putten. Der Bauer kniff die Äuglein zusammen und unterzog die mythologischen Gestalten einer eingehenden Musterung. Die Fürstin stand schweigend daneben. Die Putten erwiesen sich bei näherer Betrachtung als Bauernjungen. Alle Körper waren ungeschlacht und klobig. Etwas Robustes ging von der nackten Gesellschaft aus. Der Bauer nahm sein Enkelkind auf den Arm und zeigte mit dem Finger bald an die Decke, bald an die Wand; achtmal entdeckte er die Urgroßmutter, die teils mit Rosen dahinschwebte, teils ihre Füße badete, teils die aufgehende Sonne bewunderte, teils Ambrosia schlürfte. Und die Erklärung? Der Maler der Szenerie hatte seine sämtlichen Modelle aus dem Dorf bezogen. Und die Urgroßmutter, damals eine schmucke Dirn, mußte für sämtliche Göttinnen herhalten und war achtmal vertreten. Einmal als Aphrodite.

Eva drängte heimwärts. Sie durfte nicht zu lange bei ihrer Freundin Lisbeth bleiben.

Die Hitze hatte sich gelegt. Der Buchenwald war von schrägen Strahlen aus Altgold durchschnitten. Ameisenhügel, Eichhörnchen, zwitschernde Vögel, ein Bach. Dann ein alter Mann, der Fallholz gesammelt hatte und mürrisch seine Mütze zog.

Sie schritten schweigend nebeneinander her.

Sie hatten sich wieder bei der Hand gefaßt. Aber diesmal war es kein Versehen. Beide waren still geworden und hingen ihren Gedanken nach. Es waren angenehme, wohlige Gedanken. Sie waren ganz in der Gegenwart, nicht beschwert durch Zukunftspläne und Lebensfragen. Zwei Kinder.

Dann fragte Eva: »Sie sprechen so wenig von Ihrem Zuhause?«

»Das war sehr einsam«, erwiderte Hans.

Und erzählt von dem väterlichen Gut und dem alten Hauslehrer, von der Kindheit ohne Mutter und dem vereinsamten Vater, von den Dorfkindern, mit denen er nicht spielen durfte, und wie er sich freute, wenn die Kinder der benachbarten Güter zu ihm kamen, oder er zu ihnen ging. Und was sie spielten. Indianer- und Eisenbahnüberfall, Räuber und Gendarm, Seeschlacht auf dem Teich, aber auch gesittete Spiele: Drittenabschlagen, Sacklaufen und Schlagball.

Dann mußten sie einen Bach überschreiten.

Eva sagte kühl: »Bitte nicht helfen, ich kann das allein.«

Frauen sagen Nein, wenn sie Ja meinen, Frauen sagen Ja, wenn sie Nein meinen. Oder Frauen sagen Ja, wenn sie Ja meinen. Frauen sagen Nein, wenn sie Nein meinen. Verteufelt schwer, sich auszukennen.

Junge Mädchen sind keine Frauen. Sie sagen Ja, wenn sie Ja meinen, meinen gleichzeitig Nein, möchten das Nein rückgängig machen, sagen Ja und meinen Nein. Wenigstens ungefähr so. Für einen Primaner eine vertrackte Aufgabe, in Evas Seele zu lesen.

Die Frau liebt aus Naturbestimmung. Aber der Mann ist Dilettant. Ein Primaner ist Anfänger. Er will den Mund, er will einen Kuß. Hans ist Primaner.

Er schlägt Blindekuh vor. Schwört, ihr nichts zu tun, und lehnt sie an einen Baum. Sie muß die Augen schließen. Sehr behutsam streicht er mit seinem Zeigefinger über die Kontur ihrer Oberlippe.

Weiter nichts?

Nein, weiter nichts. Eva denkt dasselbe. Sie rupft einen Grashalm ab und steckt ihn in den Mund. Sie hatte sich schon darauf vorbereitet, ihm eine Backpfeife geben zu müssen. Eine feste, wenn auch nicht gerade allzu feste.

Und nun war nichts.

Aber sie würden sich ja noch häufiger treffen.

Als Schnauz am nächsten Morgen die Klasse betrat, lagen auf seinem Pult etwa eineinhalb Zentner alte Zeitungen und obendrauf ein Bohrer. Jetzt konnte er Löcher pieken. Die Schüler hatten alles an Altpapier mitgebracht, was die Büchertaschen zu fassen vermochten. Nur der kleine Luck hatte es vergessen. Einfach vergessen. Er war sehr betrübt darüber.

Die übliche Frage: »Wär est das gewäsen?«

Die übliche Antwort: Einstimmiges Schweigen.

»Wenn sich der Öbeltäter nicht meldet, stecke ich die ganze Klasse in Arrest.«

Der lange Rosen erhebt sich: »Ich will nichts gesagt haben, aber Luck hatte heute morgen eine merkwürdig geschwollene Büchermappe.«

Gert Tohe glaubt sich zu erinnern, daß Luck ein Paket mitbrachte.

Schrenk meint, die Lucks seien überhaupt dafür bekannt, daß sie so viel Zeitungen läsen.

Luck steht auf, kreideweiß, bringt kein Wort heraus.

»Ackermann, schreiben Sä: Lock zwei Stunden Arrest wägen Aufhäufens alter Zeitungen auf dem Polte.«

Hans meldet sich. Er will den kleinen Luck verteidigen. Ein einzelner Mensch könne doch so viel Papier gar nicht –

»Sätzen Sä sech.«

Und gerade der kleine Luck sei doch –

»Sätzen Sä sech.«

Dieses Argument ist nicht zu widerlegen. Ungerechterweise steht es aber nur dem Lehrer zu. Auf dem Nachhauseweg beklagt sich Luck bei Hans. Nicht über seine Mitschüler – das war er gar nicht anders gewohnt. Aber über Professor Crey und dessen Ungerechtigkeit.

»Das hätte ich ihm nicht zugetraut«, meinte er. »Man wird dadurch verbittert.«

»Abgehärtet, wollen wir sagen«, entgegnete

Hans. »Sieh mal, kleiner Luck, im Leben gibt es unendlich mehr Ungerechtigkeit als Gerechtigkeit. Es ist gut, wenn man rechtzeitig daran gewöhnt wird. Das ist vielleicht wichtiger als Latein und Mathematik.«

»Ich tue es aber doch.«

»Was?«

»Das wirst du schon sehen. Morgen früh.«

Unerwartetes Glück wird hundertfach empfunden. Über einen unverhofften schulfreien Tag freut man sich mehr als über ein kalendermäßiges Fest. Mehr beinahe als über die vorgeschriebenen Ferien.

Ein unverhofft schulfreier Tag versetzt die Schüler in einen wahren Glückstaumel.

Hans hatte am Morgen vergeblich gewartet. Luck kam ihn nicht abholen. Vielleicht war er krank. Durch das Warten verspätete er sich und trabte zur Schule. Schutzmann Trommel rief ihm etwas Tröstendes nach.

Unterwegs strömten ihm bereits Schüler aus anderen Klassen entgegen. Das Schultor ist umlagert. Hans drängt sich durch die Schülermeute und entdeckt die Ursache: Am Schultor hängt ein großes Pappschild mit der Aufschrift

Wegen baulicher Veränderung
bleibt die Schule heute
geschlossen.

Die Pennäler lesen, schreien Hurra und stürmen davon.

Auch die Lehrer lesen und schreien Hurra – aber nur innerlich – und gehen beflügelten Schrittes wieder nach Hause. Sie wundern sich zwar, daß sie von der baulichen Veränderung gar nichts gewußt haben. Der Direktor hätte ihnen das vorher mitteilen können. Aber sie werden versöhnt durch die Tatsache, daß man für die bauliche Veränderung einen so herrlichen Sommertag ausgesucht hat.

Die Oberprima ging nicht nach Hause. Sie versammelte sich unter Hans Pfeiffers Führung zu einem gemeinschaftlichen Ausflug. Sie war vollzählig beisammen. Nur der kleine Luck fehlte. In einer nahegelegenen Kneipe stapelten sie ihre Schulmappen und Mützen zu einer großen Pyramide auf und setzten sich in Marsch. Vornweg die Hauskapelle, bestehend aus zwei Mundharmonikas und einigen mit Seidenpapier überzogenen Kämmen; es klang erheblich besser als Fridolins Schulchor. So marschierten sie in geschlossener Formation zum Städtchen hinaus, unter dem freundlichen Zunicken der Philister und dem verstohlenen Blinzeln der Töchter.

Dann ergoß sich der Schwarm ins Grüne. Sie kamen sich vor wie ausgekniffene Sträflinge; sie wußten gar nicht, was sie vor Übermut alles anstellen sollten. Und doch war es ein ganz ehrliches Schulfrei und kein Schwänzen.

In einem idyllischen Waldwinkel ließen sie sich nieder und futterten ihre Schulbutterbrote. Einige wateten im Bach herum und spritzten sich naß; andere steckten sich Maikäfer in den Nacken und balgten sich wie die Quintaner. Noch andere waren auf die Bäume geklettert und bombardierten von dort aus ihre Kameraden mit Tannenzapfen und mit Spucke. Ernstere Naturen schnitten Herzen und Figuren in die Baumrinde; Pfeiffer hatte diesmal sein Taschenmesser bei sich.

Angesichts einer kleinen Waldschenke bekam man männlichen Durst. Da einige kein Geld bei sich hatten, wurde durch Sammlung ein Fonds gebildet und in Bier umgesetzt. Ackermann stellte fest, daß jetzt eigentlich griechische Grammatik wäre. Der Gedanke steigerte das Glücksgefühl ins Unermeßliche.

Dann ging es allmählich heimwärts, durch die Niederung zwischen dem Fluß und dem Waldrücken.

Die Gegend ist ein einziges Meer von Fliederbüschen, in denen nachts die Nachtigallen singen. Jetzt stampfte eine Primanerhorde mit rauhen Trinkliedern durch die blühende Pracht.

Da stieß der lange Rosen einen Schrei aus und deutete auf einen Hügelrücken. Alles reckte die Hälse. Und es reckte mit Recht. Denn was da angetrippelt kam und sich als Silhouette gegen den blaßblauen Himmel scharf abhob, das waren zweifellos junge Damen im Gänsemarsch.

Es war ein Pensionat aus dem Nachbarstädtchen, ausgeführt und angeführt von der Vorsteherin.

Dies gab willkommenen Anlaß zu einer kleinen Felddienstübung. Übrigens, wie Hans für sich konstatierte, ein Ulk, der niemals von Studenten, sondern ausschließlich von Gymnasiasten verübt werden konnte. Man schlug sich seitwärts in den Wald, überholte in weitem Bogen die Gänsemarschkolonne und kam ihr dann auf dem schmalen Feldweg entgegen. Die Mädelchen drückten sich wie gescheuchte Hühnchen an den Wegrand, und das Oberhuhn wachte mit spitzen Blicken darüber, daß kein Unheil geschah.

Sie war aber sehr erstaunt, als ihr nach einer Viertelstunde abermals eine Männerhorde entgegenkam. Und diese zweite Horde war durchaus identisch mit der ersten. Und das war wohl auch der Grund, daß einzelne der jungen Damen nicht mehr den nötigen Ernst bewahrten und verstohlene Blicke tauschten.

Als ihr dann aber nach einer weiteren Viertelstunde dieselben Menschen zum drittenmal entgegenkamen, faßte sie sich ihr kleines verschrumpeltes Herz und redete den scheinbar harmlosesten der Horde an. Es war Husemann.

»Mein Herr«, sagte sie, »ist es Ihnen wohl möglich, daß wir uns nicht immer wieder begegnen?«

Husemann tat, als verstehe er kein Wort, und glotzte sie offenen Mundes an. Da sprang Rudi Knebel vor und schnatterte heftig gestikulierend:

»Habuschko sassafraß tschimmborummbumm ullahubi.«

Dem Fräulein rann es eiskalt über den Rücken.

Mittlerweile waren die übrigen Primaner herangetreten und schwatzten von allen Seiten auf das Fräulein ein: »Rutschi binutschi zampampel takkatakka pullidah!«

»Kroklowafzi takrih rü-rü«, stimmten die andern zu.

Darauf das Fräulein: »Parlez-vous français, messieurs?«

»Okasamolga schurliburli elidarotspon leilolente panunh.«

»Do you speak English?«

»Lafrajah diboldo neknek stakabummbumm stakabummbumm.«

Da nimmt das späte Jüngferlein die Röcke um die mageren Beine, kneift entschlossen die Lippen zusammen und stiebt querfeldein. Die Küken hinterdrein. Einige schauen sich zwar, wie weiland Lots Weib, verstohlen um; aber sie erstarren nicht zu Salzsäulen, sondern bekommen Winkewinke und Kußhändchen mit auf den Weg.

Dann kam wieder der Alltag.

Am nächsten Morgen prangte kein glückverheißendes Schild am Schultor. Alles war wieder wie sonst.

Es war nicht wie sonst. Es lag etwas in der Luft. Auf dem Schulhof, in den Korridoren, überall standen die Lehrer zu zweit und dritt und konferierten mit todernsten Mienen, gedämpft und geheimnisvoll. Und während der ersten Stunde lief der Kastellan Kliemke von Klasse zu Klasse und richtete aus: Der Herr Direktor lasse um zehn Uhr zur Konferenz bitten.

Etwas Furchtbares mußte geschehen sein.

In der Zehnuhrpause nahm der kleine Luck seinen Freund Pfeiffer beiseite. Er war noch bleicher als sonst und bibberte vor Erregung.

»Hans, merkst du nichts?«

»Nö.«

»Du – heute habe ich meinen großen Tag.«

»Was ist denn los?«

»Hans –, noch zehn Minuten, dann spricht die ganze Schule von mir. Die ganze Stadt.«

»Aber Luck!«

»Du hast doch das Schild gesehen gestern?«

»Klar.«

»Ist dir nichts aufgefallen?«

»Ne.«

»Hans – das Schild ist von mir.«

»Du bist verrückt.«

»Ja, Hans. Das ist von mir.«

»Um Gottes willen, Mensch, wenn das rauskommt!«

»Aber, Hans, es soll ja rauskommen! Gleich nach der Pause melde ich mich beim Schnauz. Ich kann's kaum erwarten. Stell dir bloß den Klamauk vor. Jetzt sollen sie endlich erfahren, wer ich bin. Acht Jahre haben sie mich als Musterknaben verschlissen. Acht Jahre lang haben sie mich geduckt und verulkt und gepiesackt. Jetzt will ich ihnen mal zeigen, was ein Musterknabe ist. Du mit deinem Heidelbeerwein hast es fertiggebracht, die Oberprima für zwei Stunden nach Hause zu schikken. Aber ich, ich habe die Schule für einen ganzen Tag nach Hause geschickt. Und sämtliche Lehrer dazu. Überleg mal, was das heißt. Ich, der kleine Luck!«

»Menschenskind, das kann dir Hals und Bein brechen. Halt doch wenigstens den Schnabel!«

»Ich denke gar nicht daran. Das ist mir alles schnurzegal. Mit meiner Mutter habe ich schon gesprochen. Die Hauptsache ist, jetzt bin ich der große Mann. Lotte wird natürlich auch davon hören. Oder im Anzeiger lesen. – Ob sie dann auch noch weggucken wird, wenn ich vorbeikomme?«

Währenddessen fand im Konferenzzimmer eine feierliche Sitzung statt. An dem langen grünen Tische hatte sich das gesamte Lehrerkollegium versammelt. In der Mitte der Direktor, kenntlich durch eine höhere Stuhllehne und die blaue Mappe. Das ominöse Schild wurde herumgereicht und mit und ohne Zwicker betrachtet. Inzwischen schilderte Direktor Knauer in bewegten Worten die Missetat. Er erzählte, wie ihm bereits kurz nach acht Uhr die verdächtige Ruhe im Gebäude aufgefallen sei. Wie er dann besorgten Herzens durch die Gänge und Klassen geeilt sei und ihm überall leere Bänke entgegengähnten. Wie er dann zum Lehrerzimmer stürzte, dort denselben Zustand fand und schließlich erschöpft in einen Stuhl fiel und an Schulstreik und Revolution dachte. Bis ihm denn Kliemke, verstohlen grinsend, das verteufelte Schild überbrachte.

Alle gutgesinnten Lehrer hörten den Bericht erschüttert an und kochten vor Empörung. Professor Crey an der Spitze. Die anderen nach Rang und Dienstalter abgestuft. Sogar Dr. Brett riß sich zusammen und verbiß sich das Lachen. Nur Bömmel benahm sich wie immer daneben, schlug sich auf die Schenkel und gluckste.

Zunächst wurde beschlossen, daß etwas zu geschehen habe. In diesem Punkte war man durchaus einig.

Was zu geschehen habe: Darüber gingen allerdings die Meinungen auseinander. Crey erblickt in der Anfertigung des Schildes eine ausgewachsene Urkundenfälschung; er will die Kriminalpolizei alarmiert wissen. Dr. Brett schlägt statt der Kriminalpolizei die Feuerwehr vor. Crey wittert Hohn und wird böse. Direktor Knauer muß einschreiten und die Kampfhähne trennen. Müller 2 ist für Ernennung eines dreigliedrigen Untersuchungsausschusses. Fridolin erklärt, sich der Ansicht des Herrn Direktors anzuschließen. Der Direktor hat noch keine eigene Ansicht geäußert; er hat auch nicht die Absicht.

Bömmel wird beinahe übergangen. Er pflegt sich nicht vorzudrängen. Aber da man ihn anstandshalber wegen der unerhörten Bedeutung des Falles doch fragen muß, läßt er sich los:

»Mer wolle uns nix weismache. Wenn dat erauskömp, dann sin mir blamiert bis auf de Knoche. Un de Stadt hält sich der Bauch vor Lache. – Am beste is: Mer sage nix! Un da stelle mer uns janz dumm. Und da tun mer so, als hätte mer tatsächlich baulich verändert. Mer könne ja en alde Leiter auf de Trepp leje.«

Die Antwort war eine einstimmige Entrüstung.

Aber langsam siegte Bömmels gesunder Menschenverstand. Außerdem hatte jeder der Herren die feste Überzeugung, daß der Missetäter in seiner Klasse zu finden wäre; und das will man doch nicht gern wissen. Für Direktor Knauer aber war entscheidend, daß er auf diese Weise jedes Aufsehen und jeden Konflikt vermied und vor allen Dingen auch keinen Bericht an das Provinzialschulkollegium zu machen brauchte.

Die alte Leiter wurde akzeptiert. Fridolin bekam den ehrenden Auftrag, bei Kliemke das Diesbezügliche zu veranlassen. Und als die Schüler nach der Pause vom Schulhof heraufkamen, war eine Stiege bereits gesperrt und mit Brettern, Leitern und Zementsäcken dekoriert.

Der kleine Luck fieberte. Seine Augen flackern. Er sieht und hört nichts. Hätte ihn Hans von seiner Seite gelassen, er wäre zu den Lehrern gestürzt.

Endlich taucht Professor Crey auf, sichtlich durcheinander.

Luck meldet sich. Crey nimmt davon keine Notiz.

»Herr Professor!«

»Nähmen Sä mal die Böcher.«

»Herr Professor!«

»Stören Sä necht, Lock!«

»Herr Professor – es ist wegen dem Schilde!«

»Sätzen Sä sech!«

»Herr Professor – wegen dem Schilde von gestern!«

»Es heißt nicht: wägen däm Schölde, es heißt: wägen des Schöldes!«

»Gut, Herr Professor – also, es ist wegen des Schildes!«

»Sä sollen sech sätzen!«

Da schreit es aus dem kleinen Luck heraus: »Herr Professor, das Schild ist von mir!«

»Sä sollen den Mond halten!«

»Ich will nicht, daß ein Unschuldiger – –«

»Wenn Sä weiter stören, kommen Sä ins Klassenboch.«

»Verstehen Sie nicht, Herr Professor? Ich, ich habe das Schild gemacht – ich – ich!! Das Schild ist eine Fälschung!«

»Lock, Sä send albern. Das Schild est angefertigt worden wägen des Ombaues der Treppe.«

»Das ist nicht wahr! Das ist ein Irrtum!«

»Wenn Sä necht gleich rohig sind, schecke ech Sä vor de Tör!«

Luck gerät gänzlich aus der Fassung. Er kann nicht begreifen und will nicht begreifen, daß die katilinarische Tat ins Leere verpufft. Er beteuert seine Schuld so laut und so lange, bis er von Schnauz vor die Tür geschickt wird. Außerdem kam er ins Klassenbuch: Lock stört den Onterrecht durch alberne Räden.

Das war Lucks großer Tag. Er machte zwar noch ein paar hoffnungslose Versuche, wenigstens die Klasse über seine Heldentat aufzuklären. Schließlich gab er es auf und sah ein, daß es ein törichtes, verkrampftes Heldentum war, zu dem er sich vergewaltigt hatte. Er zog sich mehr als bisher in sich selbst zurück. Er verzichtete darauf, Tagesgespräch zu sein oder in die Zeitung zu kommen; er verzichtete sogar darauf, von seiner Lotte angeblickt zu werden, und begnügte sich damit, sie so lange heimlich zu verhimmeln und zu verdichten, bis sie sich in ein nebelhaftes Ideal verflüchtigte.

Bezüglich des Schildes allerdings hatte Bömmels lebenskluge Berechnung ein Loch; sie hatte die Tatsache nicht mit einkalkuliert, daß Direktor Knauer ein vorbildliches Familienleben führte und daß seine Tochter Eva das benachbarte Lyzeum besuchte. Jedenfalls sickerte nach und nach etwas von dem gefälschten Schild durch, und dieses Gerücht war nicht etwa im Schoße des Gymnasiums entstanden, sondern vom Lyzeum herübergekommen, das mit dem Gymnasium von jeher durch geheime Fäden verbunden war. Das Merkwürdigste aber war, daß man als den Helden des Schildes nicht etwa den kleinen Luck betrachtete – um Gottes willen! –, sondern den berühmten und berüchtigten Hans Pfeiffer. Der wehrte sich zwar mit Händen und Füßen gegen diese Ehre; aber das Gerücht bestand hartnäckig darauf, daß der Regisseur des Heidelbeerweines auch der Autor des Schildes sein müßte. Hans Pfeiffer war machtlos dagegen und ergab sich schließlich. So war er plötzlich – ungewollt und unverdient – der Heros der Prima und der Schule. Nicht nur des Gymnasiums. Auch die Lyzen sahen ihn jetzt heimlich an, wenn er vorüberkam, stießen sich in die Seite und tuschelten. Jetzt hätte er so viel Flammen haben können, wie er wollte. Aber er legte keinen Wert darauf und begnügte sich mit Eva.

Mit ihr traf er sich heimlich, wie es sich für eine Pennälerliebelei geziemt, bei gutem und bei schlechtem Wetter; strömender Regen war sehr beliebt, denn da waren die Straßen leer, und der Regenschirm bot willkommene Deckung. Manchmal kam es vor, daß der Regen schon längst aufgehört hatte und die Straßen wieder trocken waren, die beiden aber, abgeschieden von ihrer Umwelt, unentwegt unter ihrem Schirm weitermarschierten, immer wieder durch dieselben Straßen, dasselbe Häuserviertel, ohne Ende.

Warum sollte er nicht? Was Marion betrifft: Die war verlobt mit dem berühmten Schriftsteller in Berlin; hier diese Tändelei aber hatte der kleine, harmlose Primaner in Babenberg. Das gehört zum Primaner genauso wie die Schülermütze oder die Vier in der Algebra.

So war alles in Ordnung.

Über das Schild wuchs langsam Gras. Nur Direktor Knauer hatte es noch nicht verwunden. In ihm pochte immer noch das pädagogische Gewissen, daß eine solche Freveltat ohne Sühne geblieben war. Gewiß kam es häufig vor, daß der Täter einer Flegelei nicht ausfindig zu machen war; im Vertrauen gesagt, es war sogar die Regel. Aber immerhin wurde doch in solchen Fällen durch eine umfangreiche Untersuchung die pädagogische Mißbilligung dokumentiert. Hier aber war nichts geschehen. Und wer bürgte ihm dafür, daß der Übeltäter dies nicht geradezu als einen Ansporn zu weiterer Tätigkeit empfinden würde?

Als er eines Morgens darüber nachdachte – es war wiederum herrliches Sommerwetter – fiel ihm abermals die beklemmende Ruhe im Gebäude auf. Seine Taschenuhr zeigte 8 Uhr 15, die Turmuhr ebenfalls. Schon ist er aufgesprungen, rast durch die Gänge: leer. Die Klassenzimmer: leer. Das Lehrerzimmer: leer.

Natürlich! Aber daß auch seine Lehrer zum zweiten Male darauf hereinfielen!

Schon ist er am Telephon.

Zunächst Professor Crey.

Der versteht nicht recht. Der Direktor poltert los. Crey verbittet sich das »ohnverständliche Benähmen«. Knauer ranzt ihn an. Crey ranzt zurück. Und schon liegen sich beide Pädagogen telephonisch in der Wolle. Schreien sich an, daß die Drähte heiß werden.

Bis der beleidigte Direktor den Hörer auf den Bügel knallt.

Fridolin hat kein Telephon.

Brett macht eine Tagestour.

Bömmel schläft noch. Er wird aus dem Bett geholt. Inzwischen ist bei Knauer Weißglut eingetreten.

Aber bei Bömmel kam er an den Richtigen.

»Sie wollen mich für der Jeck halten, Herr Direktor? Jehen Sie mal nett wieder in de Heia.«

Hängt ein.

Das Gebrüll hatte Eva herbeigelockt.

»Was ist denn los, Papa? Und so am heiligen Sonntag!«

»Wieso Sonntag? Ist denn heute –«

»Ja sicher.«

»Wieso ist heute Sonntag? – Natürlich ist heute Sonntag. Brauchst du mir nicht zu sagen. – Immer alles dieser Flegel!«

Man muß nicht denken, daß dem Hans Pfeiffer an diesem Vormittag die Ohren geklungen hätten. Das hatten sich seine Ohren längst abgewöhnt. Außerdem hatte er auch gerade etwas Wichtigeres zu tun.

Er saß mit seinen Getreuen – Rudi Knebel, Ernst Husemann und dem kleinen Luck – auf seiner Bude und braute »Chartreuse grün«. Aber nicht nach dem Rezept der schweigsamen Mönche. Husemann hatte sich aus dem Chemiesaal reinen Weingeist »besorgt«. Rudi Knebel brachte aus dem väterlichen Laden eine patentierte Essenz mit. Hans Pfeiffer stiftete den Zucker aus den Vorräten seiner Wirtin. Der kleine Luck durfte zuschauen.

Frau Windscheid war nicht gerade erbaut davon, daß man ihr mit vier Mann hoch in die Küche einrückte, ihren Herd zum Klären des Zuckers und ihren Milchtopf zum Mischen einer giftgrünen Flüssigkeit mißbrauchte. Aber sie brachte es andererseits auch nicht übers Herz, »die Kinder beim Spielen zu stören«. Nur probieren wollte sie nicht; lieber wollte sie sterben.

Dabei war die erzeugte Chartreuse grün keineswegs direkt lebensgefährlich. Man konnte es nicht abwarten und trank die smaragdgrüne Flüssigkeit noch warm. Auch der alkoholfeindliche Luck leckte daran und wollte mehr.

Der Weingeist aus dem Chemiesaal fand schnell seinen Weg in die Köpfe der Jungen und verübte dort seine Rache. Auch Hans Pfeiffer war dem warmen Patentlikör nicht gewachsen.

Womit nicht gesagt sein soll, daß die Fidelitas darunter gelitten hätte. Im Gegenteil. Es wurde äußerst gemütlich. Zunächst zogen sie sich gegenseitig mit ihren mehr oder weniger angedichteten Liebschaften auf. Dem Husemann konnte man nicht viel nachsagen, er war zu bequem. Der trieb sich lieber am Fluß herum. Rudi Knebel war dafür um so eifriger und zeichnete sich durch eine besondere Vielseitigkeit aus. Hans konnte nicht verhindern, mit Eva in eine Beziehung gebracht zu werden, die über die Wirklichkeit weit hinausschoß. Der kleine Luck aber, jenseits allen Verdachtes, entwickelte seine neue Theorie über Vielweiberei; er spaltete die einzige Lotte in einen Harem. Wer warmen Likör getrunken hat, besitzt ein Recht dazu.

Mit Hilfe der grünen Chartreuse stieg die Stimmung schnell auf Blau. Sie sprachen alle vier gleichzeitig und verstanden sich herrlich. Schnapsgläser fielen um; das Algebrabuch wurde giftgrün und roch wie der Friseurladen von Meister Purz. Husemann und Knebel produzierten einen grotesken Ringkampf und wälzten sich quakend und quietschend auf dem Fußboden. Dazwischen deklamierte der kleine Luck die edelsten Strophen von Stefan George.

Dann bekam Hans Pfeiffer das Bedürfnis, seine schauspielerischen Talente zu produzieren. Er verschwand einen Augenblick und kam als Frau Windscheid wieder. Er war in ihr blau und weiß kariertes Hauskleid geschlüpft, hatte die fehlenden Rundungen durch einige Sofakissen ersetzt, ihren Sonntagshut aufgestülpt und sich mit dem Farbkasten Apfelbäckchen angemalt. In dieser Maskerade hielt er der Korona eine erschütternde Standpauke über Alkohol und schlechten Umgang.

Es muß sehr komisch gewesen sein. Der Herr Knoll nebenan, der sich gerade die Krawatte umband, hörte das wiehernde Gelächter und war überzeugt, daß dort wieder Unterschiede erzählt würden. Er kam aber nicht herbeigeeilt.

Statt dessen kam Frau Windscheid herein. Sie war wirklich sehr böse, als sie ihr lebendes Konterfei erblickte. Nicht wegen des Mißbrauchs ihrer Kleidungsstücke, sondern aus verletzter Eitelkeit. »So was tat der Meine nie.«

Übrigens sei draußen eine Dame für Hans.

»Wieso Dame?«

»Herein mit der Dame«, schrie Knebel, noch ganz Ringkampf.

»Warum nur eine? Bitte vier Stück. Frauen haben nur im Plural Daseinsberechtigung«, erklärte der kleine Luck.

»Ich glaube, es ist die Mutter von Herrn Hans. Die Dame dort auf der Photographie.«

»Ach du meine Güte!«

Da stand sie auch schon im Zimmer. Marion Eisenschmidt. Hans Pfeiffers Braut. Im grau-grünen Reisekleid, handgewebt und Mode von übermorgen, mit dem undurchdringlichen Gesicht und überlegenen Lächeln, genauso wie sie Hans aus Berlin gewöhnt war. Da stand sie unbeweglich im Kreis der jungen Leute und ließ ihren kühlen Blick von dem einen zum anderen wandern. Husemann erhob sich schwerfällig vom Boden. Hans Pfeiffer hört mit »Frau Windscheid« auf, und Stefan George starb dem kleinen Luck unter der Hand.

Hans riß sich zusammen. »Du? Das ist ja entzückend. Darf ich vorstellen? Fräulein Eisenschmidt, meine – Tante; Ernst Husemann, mein

Banknachbar; Rudi Knebel, ein Meter siebenundvierzig; Herr Wolfgang Luck, Spezialist für Polygamie und verwandte Gebiete.«

»Ach, die Tante Eisenschmidt! Hurra, die Tante Eisenschmidt!« schrie Rudi Knebel, der die Situation noch nicht erfaßte. »Die schmiedeeiserne Tante soll leben – hoch!«

Da machte Hans ein Ende, spediert seine Kameraden an die frische Luft – und ist mit seiner Braut allein.

Jetzt muß er etwas sagen.

»Nett, daß du gekommen bist.«

»So?«

»Wollen wir nicht Platz nehmen?«

»Danke.«

»Darf ich dir ein Glas Likör anbieten? Chartreuse grün.«

»Danke.«

»Nett, daß du gekommen bist.«

»Das sagst du jetzt zum drittenmal.«

»Nein, zum zweitenmal.«

»Zum dritten! – Du bist übrigens in reizender Gesellschaft.«

»Och ja, wir machten gerade Schularbeit.«

»Das sieht man.« Ihr Blick lief von der smaragdgrünen Flasche über die umgefallenen Stühle an Hans Pfeiffers blaukariertem Kleid empor. Jetzt merkte er, daß er noch die Frau Windscheid anhatte. Er zerrte sich die weiblichen Reize aus den vier

Himmelsrichtungen heraus, stieg aus dem Kleid und hörte wie aus der Ferne die Ansprache seiner vorgesetzten Braut.

»Kann man mit dir jetzt vernünftig reden? Oder bist du –«

»Nein, ich bin nicht.«

»Du merkst wohl gar nicht, wie lächerlich das alles ist. Wie kann nur ein erwachsener Mensch Freude an solchen Kindereien haben! Bist du schon so weit vertrottelt? Gott, man braucht ja nur dein Gesicht zu sehen. Du siehst schon richtig aus wie ein Primaner – man möchte fast sagen Sekundaner.«

»Das habe ich auch schon gemerkt, ich werde immer jünger. Zu Weihnachten kannst du mir Karl May schenken, und im nächsten Frühjahr glaube ich wieder an den Klapperstorch.«

»Laß die Witze. – Zunächst eine Frage: Wie lange gedenkst du noch hierzubleiben?«

»Ostern mache ich Abitur. Vielleicht falle ich auch durch, wegen Deutsch.«

»Wenn du ein Mensch von Geschmack und Kultur wärst, würdest du es keine drei Tage aushalten in diesem verschlafenen, muffigen Nest.«

Jetzt wurde Hans böse. Auf Babenberg ließ er nichts kommen.

»Du nennst muffig, was nicht nach Asphalt riecht, und verschlafen, was nicht gepeitscht ist. Ich finde es herrlich hier. Außerdem mache ich hier Studien.«

»Wenn du ein Gymnasium sehen wolltest, das hätte dir Dr. Brandt in Berlin zeigen können; er hätte dich auch unter irgendeinem Vorwand mal in eine Stunde mitgenommen. Dazu brauchst du dich nicht monatelang als nachgemachter Primaner hier herumzuflegeln.«

»Flegeln stimmt. Aber es bekommt mir prächtig. Ich habe schon acht Pfund zugenommen.«

»Zur Erholung fährt man nach Westerland oder Garmisch. Da kannst du mich auch mitnehmen und bist unter Menschen. In was für einer Gesellschaft bist du hier? Das waren wohl eben deine Freunde, diese Jünglinge, vor deren Belästigungen du mich kaum hast schützen können. Und du kommst dir natürlich sehr großartig vor, daß sie dich als ihren Räuberhauptmann anerkennen. Du bist allerdings sehr – sehr anspruchslos geworden.«

»Liebe Marion, dir fehlt der Sinn für Romantik.«

»Schöne Räuberromantik. Du fühlst dich wohl als so eine Art Hauptmann von Köpenick. Mein Lieber, du irrst dich. Der wollte nach oben, du degradierst dich. Und er riskierte etwas; du aber –«

»Das ist ja gerade das Elegante an der Sache, daß mir gar nichts passieren kann.«

»Nette Eleganz. Man muß nur sehen, wo du hier vegetierst. Dieser Kasten da soll wohl dein Bett sein? Am Ende hast du nicht einmal ein Badezimmer.«

»Dafür ist der Fluß.«

»Lieber Hans, und jetzt mal etwas anderes: Die Akademie der Künste wartet auf deinen Vortrag. Kommerzienrat von Kayser hat uns zu einer Autofahrt nach Dalmatien eingeladen. Ernemanns sind untröstlich, wenn du nicht zu ihrem Gartenfest kommst; mein Kostüm habe ich schon entworfen.«

Hans Pfeiffer blickte ins Leere. Merkwürdig, wie fern, wie fremd ihm alles das jetzt vorkam. War er früher in Berlin? Er versuchte, sich seine Junggesellenwohnung vorzustellen, sein Arbeitszimmer mit dem lederbeschlagenen Schreibtisch und der kostbaren Bibliothek, die die Wände verdeckte, sein Musikzimmer mit dem melancholischen Blüthner, seine Bilder, Mappen, Bronzen, Terrakotten. Alles jetzt zugedeckt, verdunkelt und verriegelt.

Inzwischen war Marion zu Teil 3 ihres Vortrages gekommen.

»Und schließlich, was wird mit mir? Hast du darüber schon einmal nachgedacht? Jeder fragt mich nach dir, macht dumme Bemerkungen. Ich bin es leid, mich überall mit meinem ausgerissenen Bräutigam aufziehen zu lassen. Dafür habe ich mich nicht mit dir verlobt, mein Lieber. Bei Dumonts wurde schon erzählt, mit uns sei es aus, und Dr. Ullrich fängt wieder an, mir nachzusteigen. Ich denke nicht daran, auch nur einen Tag länger die versetzte Braut zu spielen. Hast du mich verstanden?«

Hans Pfeiffer hatte durchaus verstanden. Sie hatte ja laut genug gesprochen. Sie kam jetzt zum Schluß und stellte ihr Ultimatum:

»Ich fahre in einer Stunde wieder ab. Keine Minute länger bleibe ich in diesem Kaff. Die Sache hier widert mich an. Und nun mußt du dich entscheiden: Wenn du morgen abend nicht wieder in Berlin bist, ziehe ich meine Konsequenzen. Du wirst hier wohl noch einiges zu ordnen haben; heute abend packst du deine Koffer – oder –«

Als es Abend war, packte Hans Pfeiffer seine Koffer. Er hatte das alles eingesehen, was Marion ihm sagte. Einmal mußte er ja doch zurück. Sie hatte ihm auch alles verleidet, entzaubert, er verstand gar nicht, wie er sich dabei hatte wohlfühlen können.

Aber eine unendliche Traurigkeit hatte sich über ihn gelegt. Er wollte Frau Windscheid ein paar Worte sagen. Sie war so lieb und hilfreich und besorgte das Einpacken genau mit derselben Sorgfalt wie damals das Auspacken. Aber er brachte kein Wort heraus.

Nicht so Frau Windscheid. Sie jammerte in einem fort, ohne sich dadurch in ihrer Arbeit unterbrechen zu lassen:

»Nein, so was! Gott, wer hätte das gedacht! Und so plötzlich! – Gewiß, der Herr Hans hat es manchmal ein bißchen arg getrieben, aber so schlimm war es doch nicht. Die Frau Mutter ist wirklich gar zu streng. Nein, so was!«

Am nächsten Morgen nahm Hans seine Henkersmahlzeit ein: Kakao, Spiegeleier mit Bratkartoffeln, alles in, wie immer, lächerlichen Mengen aufgetragen. Aber er hatte keinen Primanerappetit mehr. Und da war auch keine Schulmappe, die auf ihn wartete, keine griechischen Vokabeln, die er noch schnell überfliegen mußte. Und die Schinkenbrote, die auch Frau Windscheid herrichtete, waren nicht für die Zehnuhrpause.

Dann war es soweit. Er nahm das Köfferchen in die Hand – das große Gepäck wurde nachgeschickt –, legte den Sommermantel über den Arm und setzte seinen grauen Filzhut auf. Es war derselbe, mit dem er damals gekommen war. Jetzt kam er sich darin vor wie ein alter Mann.

Der Abschied von Frau Windscheid war kurz, aber schmerzhaft. Er hätte sie beinahe geküßt. Noch lange, nachdem er fort war, wischte sie sich mit der Schürze die Augen.

Der Weg zum Bahnhof war nur wenige Minuten. Er führte am Gymnasium vorbei. Hans hätte ja auch einen Umweg machen können. Aber warum sollte er dem alten, ihm liebgewordenen Kasten nicht noch einen Abschiedsblick zuwerfen?

Merkwürdig übrigens, er hatte sich das Gebäude noch nie so recht von außen angesehen. Tag für Tag war er denselben Trott gegangen und durch das alte eiserne Tor mit der riesenhaften Klinke einspaziert, manchmal hastig, manchmal schlenkernd, manchmal auch gar nicht, wie an jenem denkwürdigen Morgen, als Luck das Schild hingehängt hatte. Auch die lange Mauer zwischen Schulhof und Straße kannte er nur von innen.

Es war kurz vor zehn. Der Unterricht war überall in vollem Gange. Die Fenster standen weit offen; der Schall aus den Klassen drang auf die stille Straße.

Hans blieb stehen und lauschte. Hier war die Sexta. Hohe helle Stimmchen konjugierten. Und der Chor leierte tapfer mit: ›Amo – amas – amat – amamus – amatis – amant.‹

Er ging ein paar Schritte weiter. Über ihm war die Untertertia. Eine unsichere, ins Falsett schnappende Stimme erzählte vom Amazonenstrom. Es ging verdammt stackerig. Das gibt eine 4, dachte Hans. Oder höchstens 3–4.

Und da oben an der Ecke, da war auch die Oberprima. Seine Oberprima! Dr. Brett hatte Unterricht. Man hörte die harte, knarrende Stimme. Dazwischen auch die anderen, Husemann, Schrader, Knebel, den langen Rosen. Man konnte nicht verstehen, was sie sagten; aber er erkannte ihre Stimmen. Da waren sie alle. Ohne ihn. Und taten, als sei nichts geschehen. Er konnte gar nicht begreifen, wie das jetzt alles ohne ihn weiterging. Sein Platz war leer. Vielleicht fiel es gar nicht auf. In den nächsten Tagen würde schon ein anderer dort sitzen. Vielleicht schon morgen. Und ein paar Wochen noch, dann war er vergessen.

Da oben waren sie nun alle versammelt, und hinter dem Katheder hing der Alte Fritz, und an der Decke waren die Himmelsrichtungen aufgepinselt, und der Schnauz fand alle albern, und Brett ließ Freiübungen machen, und Bömmel lehrte Physik in Volksausgabe ...

Bellebemm-bellebemm-bellebemm – bemm – bemm.

Hans zuckte zusammen.

Auch durch das alte Gebäude ging ein Ruck. Es war, als habe jemand mit einem Stock auf einen Bienenkorb geschlagen. Ein vielhundertstimmiges Summen, Brausen und Brodeln setzte ein. Das alte Gemäuer schien plötzlich zu bersten von all dem jungen, sprudelnden Leben, das es barg. Und immer mächtiger schwoll das Brausen und Sausen und ergoß sich ins Freie, in den Schulhof. Die Zehnuhrpause hatte begonnen.

Hans stand immer noch wie angewachsen. Worauf wartete er noch? Bellebemm-bellebemm klang es in ihm nach. Damals hatte es damit angefangen.

Wie merkwürdig war das alles gewesen. Luck, fahren Sie fort – Knebel, du tus wieder nix – Pfeiffer, sätzen Sä sech, Sä send albern – Bellebemm-bellebemm. Jetzt bedeutete es: Abfahren.

Ja, er ging ja schon.

Aber nicht zum Bahnhof.

Sondern zurück in die Stadt.

Eine halbe Stunde später saß er wieder in seiner Prima, auf seiner Bank, neben Ernst Husemann, hinter Rudi Knebel, und übersetzte französische Lektüre und tat, als wenn nichts geschehen wäre.

Was war denn überhaupt gewesen? Gar nichts war gewesen. Er hatte nur die beiden ersten Stunden gefehlt. »Wegen starker Zahnschmerzen« war ihm von Frau Windscheid bescheinigt.

Nun kam das Sommerfest des Ruder- und Schwimmvereins.

Es war üblich, daß es an diesem Tage regnete. Das Fest fand wie immer im Saale statt. Und der Saal war wie immer überfüllt. Es war die einzige gesellschaftliche Veranstaltung des Sommers, an der teilzunehmen zum guten Ton gehörte. Außerdem fühlte sich jeder modern denkende Babenberger verpflichtet, auf diese Weise sein Interesse für den Sport zu dokumentieren.

Die Luft in dem niedrigen Saal war entsprechend schwül und schwer. Man hätte sie in Scheiben schneiden können. Die Herren in ihren dicken schwarzen Anzügen und steif gestärkten Hemdenbrüsten schwitzten zum Gotterbarmen und gingen von Zeit zu Zeit hinaus, um den durchweichten Stehkragen gegen einen neuen harten zu vertauschen. Die Babenberger Töchter waren besser dran; in ihren dünnen Tanzkleidchen hatten sie sich der sommerlichen Temperatur trefflich angepaßt. Fräulein Hanni Axmacher hatte sich in dieser Beziehung allerdings besonders weit vorgewagt und hatte damit einen vollen Erfolg. Ihr Kostüm wurde einstimmig als geradezu schamlos bezeichnet, und drei Wochen später war sie verlobt.

Mittelpunkt des Festes war aber nicht eigentlich das Kostüm von Fräulein Hanni Axmacher, sondern die große Tombola. Diese war Fräulein Ella Mäusezahl unterstellt, einem ältlichen, lieben Persönchen, dessen spätjungfräuliches Leben mit solchen und ähnlichen Ehrenpöstchen zweckentsprechend ausgefüllt wurde.

Heute gab es etwas ganz Besonderes; ein anonymer Spender hatte für die Tombola als ersten Preis ein Paddelboot gestiftet, ein richtiggehendes, zweisitziges Klepper-Faltboot mit allem Zubehör. Babenberg im allgemeinen und der Ruder- und Schwimmverein im besonderen standen kopf. Nicht ob der Spende; denn es war schon mehrfach vorgekommen, daß vermögende Bürger sich durch ansehnliche Stiftungen beliebt machten; aber dann geschah es aus gesellschaftlichen oder geschäftlichen Rücksichten und bestimmt nicht anonym. Hans Pfeiffer hörte schmunzelnd das allgemeine Rätselraten und beteiligte sich daran, soweit er als bescheidener Primaner überhaupt mitreden durfte.

Er hatte wohl seine besonderen Gründe, an dem Sommerfest teilzunehmen. Er schloß sich, mangels anderer Gelegenheit, dem Sanitätsrat Steinhauer an. Seine Beziehungen zu dem alten Herrn waren allerdings etwas unregelmäßiger Art. Nach der offiziellen Antrittsvisite, die nach Mitternacht mit Brüderschaft geendet hatte, war man sich wieder fremd geworden und kümmerte sich nicht viel umeinander. Nur von Zeit zu Zeit, wenn der Sanitätsrat den allgemeinen Weltschmerz bekam, bat er Hans Pfeiffer unter irgendeinem Vorwand zu sich, um mit ihm einigen Flaschen den Hals zu brechen und erneut Brüderschaft zu trinken.

Zum Sport und insbesondere zum Rudern und Schwimmen hatte der Sanitätsrat nicht die leisesten Beziehungen. Er war mehr für die Befeuchtung von innen. Aber als langjähriges Ehrenmitglied des Ruder- und Schwimmvereins durfte er beim Sommerfest nicht fehlen.

»Das Schönste am ganzen Sommer ist der Durst«, erklärte er seinem jungen Freunde und handelte entsprechend. Hans Pfeiffer fühlte sich nicht sonderlich wohl unter der verdächtig wachsenden Flaschenparade. Aber von diesem Platz aus konnte er den Tisch der Familie Knauer unauffällig beobachten.

Eva saß zunächst säuberlich zwischen Papa und Mama. Sie hatte Hans mehrfach heimlich zugetrunken, worauf dieser jedesmal hastig ein volles Glas hinuntergoß. Aber dann erschien plötzlich Professor Crey und wurde neben Eva plaziert. Frau Knauer hielt das so für richtig. Hans sah von nun ab ostentativ weg und mußte feststellen, daß der Schnauz heute eine erheblich bessere Figur machte als auf der Wippe. Er sprach viel und eindringlich zu Eva, und es war nicht zu verkennen, daß sie ihm meistens auch zuhörte. Hans hoffte immer noch darauf, daß er mit ihr tanzen würde; aber das tat er nicht. Wohl aber stürzten jedesmal, wenn die Musik einsetzte, ein Dutzend Jünglinge auf Eva los; es waren bestimmt die schneidigsten von Babenberg, wie denn auch Eva unverkennbar das hübscheste Mädchen ihres Jahrgangs war, trotz der luftigen Hanni Axmacher. Aber dann bekam Eva jedesmal von ihrer Mutter unter dem Tisch eine dringliche Ermahnung und lehnte den Tanz dankend ab. Frau Knauer hielt das so für richtig. Und Professor Crey freute sich, daß das kluge Mädchen seine Unterhaltung vorzog.

Hans langweilte sich. Sein Freund Husemann war nicht gekommen. Mit dem langen Rosen stand er sich nicht gut. Ackermann war in seiner zahlreichen Familie eingekeilt. Rudi Knebel aber, die letzte Hoffnung, war dauernd verschwunden. Inzwischen sorgte Ella Mäusezahl rührend für die Unterbringung der Lose. Am Tische Knauer gab sie sich ganz besondere Mühe. »Das letzte Los auf dem Teller; greifen Sie zu, Fräulein Knauer, das gibt Glück!« Eva zögerte. Im vorigen Jahr hatte sie vierzehn Lose gehabt und einen Rasierapparat gewonnen. Aber schon hat der galante Professor Crey für sie das Los erstanden.

Kurze Zeit darauf war am Tische Knauer ein wilder Lärm. Eine dichte Menge drängte sich herum. Eva hatte das Paddelboot gewonnen und ist irrsinnig vor Freude. Sie fällt abwechselnd dem Papa und der Mama um den Hals – beinahe hätte Professor Crey auch etwas abgekriegt – und singt in einem fort: »Ich habe ein Paddelboot, ich habe ein Paddelboot.«

Es war Sitte, daß die Primaner um zehn Uhr unauffällig das Fest verließen; die Unterprimaner sogar schon um halb zehn. Hans Pfeiffer gelang es gerade noch, Eva in einer Ecke des Saales zu erwischen und ihr zu gratulieren. Sie war immer noch außer sich.

»Und ich weiß auch jetzt, von wem das Boot ist!«

»Ja?«

»Von Crey natürlich. Ich bin doch nicht dumm! Und der hat auch dafür gesorgt, daß ich das richtige Los bekam. Ist das nicht goldig von ihm?«

Hans Pfeiffer sagte nichts und ging nach Hause. Unterwegs rechnete er: Hundertvierundsechzig Mark – dazu Fracht und Verpackung sieben Mark zwanzig – Konfekt für Fräulein Mäusezahl drei Mark fünfzig ––

Aber auch Professor Crey war nicht glücklich. Daß man ihm trotz heftigster Gegenwehr das gestiftete Paddelboot in die Schuhe schob, war zur Not noch zu ertragen. Aber daß man ihm eine Schiebung mit dem Los zutraute – das konnte er nicht verwinden.

Prompt nach dem Sommerfest setzten die heißen Tage ein.

Die Hitze schickt der Himmel, damit die Pennäler hitzefrei bekommen. Aber die Menschen bezeigen oft mangelhaftes Verständnis für die Schickungen des Himmels. Knauer litt nicht sehr unter der Hitze. Und Kliemke sprengte Klassenzimmer, Korridore und Schulhof eifrig mit Wasser und sorgte dafür, daß das Schulthermometer nicht über den kritischen Punkt kam.

Derweilen saß die Oberprima beim Schnauz im Chemiesaal und kämpfte verzweifelt gegen den Schlaf. »Kämpfen« ist übertrieben ausgedrückt. Man übte sich in der Technik, sitzend zu schlafen, ohne den Kopf herunterpurzeln zu lassen. Einzelne hatten es erstaunlich weit gebracht. Rosen konnte dabei sogar die Augen offenhalten. Husemann war ganz besonders begabt; aber er hatte eine starke Neigung zum Schnarchen, und das erwies sich mitunter als störend. Auch überhörte er mehrfach das Ende der Stunde und lehnte noch einsam in seiner Bank, wenn Ackermann längst geläutet hatte und die Klasse abgeschwirrt war. Was er tat, tat er gründlich.

Selbst der bescheidene Melworm beteiligte sich am Wettschlafen. Dieser Melworm war der Tugendbold der Klasse und das Geräuschloseste, was man sich denken kann. Selbst wenn er aufgerufen wurde, antwortete er meist mit einem leisen Schweigen. Daß Melworm überhaupt existierte, hatte Hans Pfeiffer erst im Laufe der Zeit gemerkt. Von Melworm ging die Kunde, daß er heimlich Traktätchen verteilte. Dies war freilich nicht nachzuprüfen, da er seine Klassengenossen damit verschonte. Tatsache war, daß er sich von allen weltlichen Belustigungen fernhielt. Fragte man ihn: »Melworm, morgen machen wir Kommers. Du kommst doch hin?«, dann antwortete er: »O nein; dies ist nicht der Weg, der zum Heile führet.« – Aber in der Chemiestunde zu schlafen, hielt er nicht für sündhaft. Er tat es mit Inbrunst.

Hans Pfeiffer freilich konnte nicht schlafen. Er litt an ausgesprochener Schlaflosigkeit. Mancherlei ging ihm durch den Kopf. Nach Berlin hatte er geschrieben. Und Antwort von Marion erhalten, einen Brief mit gezogenen Konsequenzen. Vielleicht war es gut so, wie es gekommen war. Es ist immer gut so, wie es kommt. Wenigstens muß man es glauben, dann stimmt es auch.

Rudi Knebel war mit dem Kopf vornübergekippt und dadurch munter geworden. Jetzt lugte er durch das offene Fenster zum benachbarten Lyzeum hinüber und stellte Betrachtungen an.

»Hans, denk mal, so ein ganzes Haus voll Mädels.«

»Mhm.«

»Ich möchte, ich wäre auch ein Mädel. Den ganzen Tag mit den Puppchen zusammen, du, das denk' ich mir herrlich.«

»Ein Irrtum. Wenn du ein Mädel wärest, hättest du nichts von den Mädels.«

»Ich meine das ja auch anders.«

»Das macht die Hitze.«

»Die sollten uns mal ein paar herüberschicken, Junge, das brächte Leben in die Bude.«

Dazwischen hörte man die wie kilometerweit entfernte Stimme des Predigers in der Wüste: »Schwäfelwasserstoff entstäht dorch Einwerkung von Schwäfelsäure auf Schwäfeleisen nach der Gleichong –«

Er kritzelte etwas an die Tafel und bildete sich ein, daß alle aufpaßten.

Rudi Knebel starrte noch immer durchs offene Fenster. Man könnte so hübsch da drüben in den

Physiksaal gucken, das wäre fein. Aber die Bande hat immer die Fenster zu. Warum bloß?

»Damit es nicht fein ist.«

»Das müßte man ihnen mal abgewöhnen.«

Hans zog die Stirne kraus und überlegte.

Schwefel ist ein sehr verbreitetes Element. Es findet sich in der Natur teils rein vor, teils an Metalle gebunden, es ist eine gelbliche, kristallinische Masse, besitzt ein Atomgewicht von 32,07 und schmilzt bei 112,8 Grad Celsius.

Alles das hatte Hans bei seinem Abitur gewußt, aber in der Zwischenzeit verschwitzt. Jetzt lag es wieder parat.

Der Schnauz hatte inzwischen eine Portion Schwefelsäure auf Schwefeleisen gegossen. Es gab eine lebhafte Gasentwicklung und roch wie die Pest.

»Schwäfelwasserstoff est ein onangenehmer Geselle. Er besetzt einen entenseven Geroch nach faulen Eiern und anderen onanständigen Sachen.«

Die Klasse machte pflichtschuldigst »Hö-hö-hö-hö«.

»Du, Rudi, ich weiß jetzt, wie ich's ihnen abgewöhne.«

»Was denn?«

Schon war Hans aufgesprungen und hatte beim Schnauz Nasenbluten gemeldet. Er durfte hinaus, flitzte zur Wasserleitung, wusch sich die Aquarellfarben ab und flitzte weiter bis zum Keller, in den Heizraum. Hier hingen alte Kittel, Schürzen und Blusen.

Zehn Minuten später strolchte ein junger Arbeiter durch die Gänge des Lyzeums. Gesicht und Hände waren schmutzbeschmiert und ölig. Er trug ein Paket unter dem Arm.

Am Physiksaal wird er angehalten. Von der Inspektionslehrerin. Es ist Pause.

»Ich soll die Wasserleitung nachsehen.«

»So, dann lassen Sie sich nicht stören.«

Er ließ sich nicht stören. Im Physiksaal packte er das Paket aus. In eine mit Flüssigkeit gefüllte Flasche ließ er schwarzes Zeug fallen und roch mit befriedigter Grimasse an der Flasche. Dann stellte er die Geschichte unter den von allen Seiten geschlossenen Sockel des großen Arbeitstisches und verschwand.

Es war höchste Zeit; denn schon nahte die weibliche Oberprima. Die Direktorin erteilte Physik.

Der Unterricht begann.

Der Unterricht begann damit, daß die Fenster fest geschlossen wurden. Dafür waren drei pflichtbewußte Damen ehrenamtlich bestellt.

Schon nach kurzer Zeit wird die Direktorin unruhig. Sie blickt mißtrauisch umher und fragt schließlich:

»Ich weiß nicht – hat vielleicht jemand von Ihnen Käse auf dem Butterbrot?«

Nein, sie haben keinen Käse.

Bald darauf fängt sie abermals an zu schnuppern.

»Ich weiß nicht, es riecht immer noch so merkwürdig –«

Der Geruch geht nicht weg. Die Direktorin versucht, die Sache zu übergehen. Vielleicht ist es auch Einbildung.

Aber es ist keine Einbildung.

Schließlich platzt sie los: »Was ist das denn? Riechen Sie das nicht?«

»Ja.«

»Wonach riecht das eigentlich?«

Eine meldet sich: »Das riecht nach –«, sie kann nicht weiter und platzt heraus.

Eine zweite: »Nein, das riecht mehr nach –« platzt ebenfalls heraus.

Nach und nach platzen sie alle. Prusten und quietschen vor Vergnügen.

Da entschließt man sich zum äußersten: Die Fenster werden geöffnet.

Frische Luft kommt herein. Aaaah!

Aber helfen tut es nicht. Der Geruch wird immer penetranter. Die Direktorin, die gewissermaßen an der Quelle sitzt, konstatiert: »Es riecht nach Landwirtschaft.«

Dann kommt es also von draußen. Die Fenster werden schleunigst geschlossen.

Nach weiteren drei Minuten befindet sich die

Klasse in wilder Flucht. Der Unterricht wird abgebrochen. Der Baurat muß bestellt werden.

»Frau Direktorin, dürfen wir nach Hause?«

»Wir gehen in die Klasse und repetieren französische Grammatik.«

Die Fenster des Physiksaales werden sperrangelweit geöffnet. Vom Gymnasium kann man ungehindert hineinschauen. Aber man blickt auf leere Bänke.

Am nächsten Tag erschien ein eisgraues Männlein, stellte sich als Baurat vor und suchte die Ursache der Dufterei zu ergründen. Er ergründete sie. Dann meldete er sich bei der Direktorin, um zu berichten. Die Direktorin gab Deutsch und war intensiv, aber nicht angenehm beschäftigt. In blonder Scheinheiligkeit hatte Eva die Frage aufgeworfen, warum Faust nicht um Gretchens Hand angehalten habe. Die Direktorin konnte nicht antworten. Diese Frage war in den Kommentaren unbehandelt geblieben, und nun tat sie, was jeder erfahrene Lehrer in solchen Fällen tut: Sie fragte die Klasse.

Der Erfolg war entsprechend.

»Faust wollte nicht. Weil Gretchen doch ein Kind hatte.«

»Setzen. – Bitte?«

»Faust konnte nicht. Weil Gretchen schon verheiratet war.«

»– ? –«

»Natürlich; denn sie hatte doch ein Kind.«

Es klopfte im rechten Augenblick. Herr Baurat ließ bitten.

Ein Baurat ist zum Bauen da. An sich selbst kann er nicht bauen. Seine Arme waren übermäßig lang, seine Hände trommelten ans Schienbein. Alte Männer werden infolge Vertrocknung immer kürzer, die Knorpelscheiben der Wirbelsäule verschrumpfen. Aber die Arme behalten ihre Länge, in den Armen sind keine Knorpelscheiben.

Die Diagnose lautet: Im Physiksaal ist das Holzwerk morsch, und der Geruch kommt von der Ausdünstung eines Pilzes mit lateinischem Namen. Der Physiksaal muß von Grund auf renoviert werden.

Später fand man beim Renovieren die Stelle, wo der Hund begraben lag: eine schändliche Flasche. Aber man merkte nichts. Und wenn man etwas gemerkt hätte, würde man sich gehütet haben, etwas zu merken.

Die bauliche Veränderung währte etliche Wochen. In dieser Zeit mußten Physik und Chemie ausfallen. Die Mädels jubelten.

Sie jubelten zu früh. Physik und Chemie wurden durch Algebra und Grammatik ersetzt. Es war nicht auszuhalten.

Aber Eva hatte eine Idee. Ob sie die Idee ganz allein bekommen hat, oder ob der erfindungsreiche

Hans Pfeiffer, der immerhin wegen des Physiksaales ein verteufelt schlechtes Gewissen hatte, ihr dabei ein bißchen geholfen hat, geht niemand etwas an. Jedenfalls wurde Eva bei der Direktorin vorstellig: Physik sei auf keinen Fall zu entbehren. Physik sei wahnsinnig wichtig. Alle hätten besonders Physik so entsetzlich gern. Leider seien sie alle in Physik so weit zurück. Und sämtliche Eltern trügen sich mit der Absicht, eine Beschwerde einzureichen, und wenn es nicht anders gehe – dann könne man den Physikunterricht ja vielleicht im Physiksaal des Gymnasiums abhalten, mit dem Gymnasium zusammen, nicht wahr?

»Aber mein liebes Kind! Ich bin gewiß eine modern denkende Frau. Aber – abgesehen von allem anderen, Ihr Herr Vater würde mir ganz was anderes sagen.«

Eva ging zu ihrem Vater.

»Mit dem Lyzeum zusammen? Aber Eva! Und ganz abgesehen davon – eure Direktorin wird den Deibel tun.«

Man muß die Sache anders aufziehen, dachte Eva und suchte nochmals die Direktorin auf: Sie habe mit ihrem Vater gesprochen. Er sei ganz begeistert von der Idee und könne gar nicht begreifen, daß die Frau Direktorin –

»Aber Evchen, davon ist doch gar keine Rede. Wenn der Herr Direktor gestattet, selbstverständlich mit Freuden.«

Dann wieder zum Vater: Die Frau Direktorin sei entzückt von dem Vorschlag und hoffe, daß er seinerseits keine Schwierigkeiten machen werde.

»Aber ganz im Gegenteil! Wenn ich ihr damit dienlich sein kann –«

Am Nachmittag dieses denkwürdigen Übereinkommens zwischen Gymnasium und Lyzeum war Eva wieder einmal bei ihrer zuverlässigen Freundin Lisbeth und Hans nicht zu Hause.

Das war nichts Besonderes, denn sie kamen so häufig zusammen, wie es nur eben möglich war. Hans hatte auch längst seine Ohrfeige bekommen und einige tausend weitere verdient und nicht bekommen. Auch dieser Nachmittag wäre nicht weiter bemerkenswert gewesen, wenn die beiden Liebesleute dabei nicht in ein böses Unwetter geraten wären.

Sie marschierten, wie so oft, über den waldigen Hügelrücken, der sich an der Flußniederung entlangzog. Es war schon seit vielen Tagen eine geradezu lähmende Hitze. Die Wiesen und Felder schimmerten braun. Die Blätter hingen müde und schlaff an den Zweigen. Selbst den Vögeln schien es zu warm zum Singen; sie ließen sich durch die eifrigen Grillen vertreten.

Auch die Luft schien völlig eingeschlafen. Ein kleiner Dampfer mit großen Schleppkähnen kroch in der Ferne den Strom herauf; kilometerlang hing die Rauchfahne über den Windungen des Flusses. Man konnte weit schauen; die Luft schimmerte in einer verdächtigen Klarheit.

Das war kein Wetter für große Märsche. Hans und Eva ließen sich auf einem moosigen Abhang nieder. Eva hatte ihren Wuschelkopf in Hans Pfeiffers Arm gelegt und versuchte zu träumen. Hans bemühte sich, sie nicht zu stören, und vermied jede Bewegung. Er wagte kaum zu atmen.

Aber Eva schlief nicht.

»Hans, machst du Ostern dein Abitur?«

»Natürlich. Warum meinst du?«

»Kannst du nicht ein bißchen durchfallen?«

»Wenn ich mir tüchtig Mühe gebe.«

»Bitte, Hans, gib dir tüchtig Mühe.«

Hans fühlte schon seit einiger Zeit, daß die sorgenfreie und zukunftslose Primanertändelei ausgetändelt war.

Immer häufiger drängten seine Gedanken vorwärts.

»Du fürchtest wohl, daß ich dann weggehe?«

»Och«, sagte sie und drückte ihren Kopf fester an seine Brust.

»Eva, ich könnte dich ja auch -- was wollte ich noch sagen?«

Noch nie hatte er diese Frage berührt. Auch Eva nicht. Jetzt war die Gelegenheit, alles zu verderben.

»Ich meine, vielleicht könnte ich dich dann mitnehmen.«

Eva sah mit großen klaren Augen zu ihm herauf.

»Du bist ja verrückt«, sagte sie.

War er verrückt? Er war zur Zeit Primaner. Er hätte die Maske jetzt abwerfen können; aber das wollte er nicht. Immerhin war er doch ein Primaner ganz besonderer Art. Bildete er sich ein. Das müßte genügen.

Er rupfte einen Halm aus und zerriß ihn in kleine Stücke. Dann fragte er unvermittelt: »Was ist eigentlich mit dem Professor Crey? Der verkehrt wohl viel bei euch?«

»Den soll ich doch heiraten, Hans.«

»Ja, und?«

»Gar nichts. An so was denke ich noch gar nicht. Ich bin doch noch ein kleines Schulmädel. Aber weißt du, Hans –« Sie hob ihren Kopf lebhaft in die Höhe: »Wenn ich später mal heiraten sollte – man kann ja nie wissen – du, dann müßte es schon ein ganz Besonderer sein. Einer, der mir richtig imponiert, und der zehnmal so klug ist wie ich. Meinst du nicht auch?«

Das meinte Hans auch. Richtig imponieren – zehnmal so klug, dachte er, das kann sie haben.

Und nun beging er prompt den Fehler, der so oft in solchen Lagen gemacht wird: Er versuchte zu imponieren, zehnmal so klug zu sein.

Er wurde plötzlich gesprächig, machte Konversation. Er fing an, sein universales Wissen auszubreiten, mit Witz und Geist zu spritzen und seine Bildung zur Schau zu stellen. Er tat es sicher sehr geschickt. Aber vielleicht nicht geschickt genug für die feinfühlende Eva.

Von den allgemeinen Tagesfragen ausgehend, drängte er schnell das Gespräch ins Historische, ging dann auf die alte und neue Philosophie über und war auf dem Wege der modernen Naturphilosophie, der Elektronen- und Quanten-Lehre.

Bei Eva verfing das nicht. »Einstein ist mir zu hoch«, erklärte sie offen. »Ich weiß, daß es auf der Welt vielleicht ein Dutzend Mathematiker gibt, die bei Einstein mitreden können. Alle anderen verrenken sich dabei den Verstand oder machen sich selbst was weis.«

Hans fühlte die Abfuhr.

»Vielleicht, liebe Eva, fehlt dir hier etwas, das naturwissenschaftliche Denken.«

»Dafür haben wir ja Gott sei Dank den Crey!«

»Warum erwähnst du den Namen? Du weißt, daß du mich damit ärgerst.«

»Wenn ich das wüßte, würde ich ihn häufiger erwähnen. Crey, Crey, Crey! – Oder hast du lieber, wenn ich Schnauz sage?« lenkte sie ein.

Hans merkte, daß er nicht auf dem richtigen Wege war. Er ließ eine kleine Atempause eintreten und spielte dann das Gespräch geschickt auf die Literatur über. Das war vielleicht eher etwas für kleine Mädchen. Und hier war er ganz besonders zu Hause. In seinem Eifer hatte er gar nicht bemerkt, daß sich der Himmel bleigrau zugezogen hatte, während im Westen ein schwefelgelber Lichtschein stand und alles mit einem schrägen, unheimlichen Zwielicht umgab. Er achtete auch nicht darauf, daß kurze, scharfe Windstöße in die Baumgipfel stießen und Zweige und Äste herunterfegten.

»Siehst du, Eva, was in der Musik der Kontrapunkt ist, das ist im Drama und im Roman die Gegenhandlung. Bei Hamsuns ›Segen der Erde‹ zum Beispiel – darüber ist übrigens kürzlich eine sehr interessante kritische Schrift erschienen von – meinem Namensvetter Johannes Pfeiffer. Du hast sie sicher gelesen?«

»Ich kenne ›Segen der Erde‹ und vieles andere. Aber die tausend Über-Bücher kenne ich nicht. Ich mache mir auch nichts daraus. Es ist immer so, daß irgendein kleiner Mann sich anmaßt, an einem großen herumzukorrigieren.«

»Dann hältst du also diesen Johannes Pfeiffer für einen kleinen Mann?«

Das Gespräch wurde nicht zu Ende geführt, denn inzwischen brach das Gewitter los. Es blitzte, und ein langes dumpfes Rollen ging durch den Himmelsraum. Schon klatschten die ersten schweren Tropfen.

»Da ist ein Bauernhaus«, schrie Eva und stürmte

den Abhang hinunter, daß ihr die Röcke bis an die Hüften flogen. Hans markierte zunächst den Gemächlichen und trottete langsam hinterdrein. Laufen hätte ihm nicht erwachsen genug ausgesehen. Zehn Meter vor dem Bauernhaus – Eva war schon in Sicherheit – tat es einen neuen Donnerschlag, und im gleichen Augenblick prasselte schlagartig ein eiskalter Sturzregen auf ihn nieder. Jetzt konnte Hans Pfeiffer Beine machen. Aber die zehn Meter bis zum Bauernhaus genügten, ihn bis auf die Haut zu durchnässen.

Die Tür stand offen. Sie stürmten hinein. Als ihre Augen sich an das stickige Dunkel gewöhnt hatten, sahen sie sich in einer armseligen Bauernstube. Ein Mädchen hantierte am Ofen und nahm keine Notiz von ihnen; auch der alte Bauer, der bewegungslos in einer Ecke saß, ließ sich nicht stören. In kurzen Zeitabschnitten kamen immer neue Ausflügler, bis auf die Knochen durchnäßt, in die Stube geflüchtet. Es dauerte nicht lange, da war der kleine Raum voll von triefenden Menschen. Um die Füße herum bildeten sich breite Wasserlachen. Und schließlich kam auch vom Hof her, der die Regenmassen nicht fassen konnte, das Wasser über die Türschwellen in die Stube gelaufen. Es war alles andere als gemütlich.

Draußen tobte das Unwetter. Eine ägyptische Finsternis war hereingebrochen. Durch die kleinen Fenster sah man nichts als niederstürzende Wassermengen. Dazwischen blitzte es in immer kürzeren Abständen, und das Donnern riß gar nicht mehr ab. Es war, als wenn mehrere Gewitter in Wettbewerb getreten wären.

In der Stube pfiff jemand eine Schlagermelodie. Andere machten »Pst«. Jetzt pfiff der eine erst recht. Eine lebhafte Debatte entstand; einige hielten es für ungehörig, andere geradezu für lebensgefährlich, bei einem Gewitter zu pfeifen. Hans Pfeiffer aber nahm den Vorfall zum Anlaß, einen gelehrten Vortrag über Sitten, Gebräuche und Aberglauben bei Gewittergefahr vom Stapel zu lassen. Zehnmal so klug, dachte er.

Schade, daß Eva etwas Wichtigeres zu tun gefunden hatte. Da stand gottverlassen in der Ecke ein kleines Bübchen, pitschnaß bis auf die Knochen, blau angelaufen und bibbernd vor Kälte, und heulte leise vor sich hin. Keiner kümmerte sich um den kleinen Mann. Aber schon hatte Eva ihn mit einem Schwung auf den Tisch gesetzt und fing an, ihm Schuhe, Strümpfe, Hemdchen und Höschen auszuziehen. Dann rieb sie den kleinen Nackedei trocken und mummelte ihn in ihre Sommerjacke. Seine nassen Sächelchen hing sie zum Trocknen über den Ofen. Und als der kleine Bengel noch ein Glas heiße Milch bekam, das sie sich von den Bauersleuten erbat, war er wieder glücklich und zufrieden, stellte sein Flennen ein und lachte breit übers ganze Gesicht. Nun meldete sich auch seine

Schwester, die bisher damit beschäftigt war, ihre verregnete Frisur in Ordnung zu bringen und ihre Handtasche trockenzureiben. Allmählich schien es draußen heller zu werden. Eva war ans Fenster getreten; Pfeiffer sah im Gegenlicht ihre Silhouette. Wie ein alter Scherenschnitt, dachte er. Und mit welcher Beherztheit und Selbstverständlichkeit hatte sie den kleinen Jungen angezogen. Als wenn sie nie im Leben etwas anderes getan hätte, als nasse Jüngelchen trockenzulegen.

Er empfand das Bedürfnis, auch seinerseits etwas Vernünftiges zu tun. Er veranstaltete unter den Ausflüglern eine kleine Sammlung zugunsten des armen Bauern, dem man tüchtig die Bude beschmutzt hatte. Der alte Mann nahm die 1,30 Mark mit derselben Gleichgültigkeit an, mit der er das Unwetter und die ungebetenen Gäste über sich hatte ergehen lassen.

Der Regen hörte auf. Die Bewohner verkrümelten sich allmählich. Auch Hans und Eva traten den Heimweg an.

Der Wald war in einen Morast verwandelt. Die lehmigen Wege standen unter Wasser. »Ich hätte mein Faltboot mitbringen sollen«, meinte Eva. Ihre leichten Sommerschuhe waren den Strapazen nicht gewachsen; an dem einen löste sich vorn die Sohle. Hans opferte die Hälfte seines Schnürriemens und legte dem Schuh einen Notverband an. Dreißig Meter weiter war bereits die Auflösung der Sohle vollendet, und Eva schritt beherzt in ihrem Schuh auf bloßem Strumpf durch den Wald. Da entstand ein neues Hindernis. Ein kleines Rinnsal, sonst mit einem Schritt zu übersteigen, hatte sich in einen tosenden Wildbach verwandelt. Es blieb nichts anderes übrig, als ihn an einer Stelle, wo er breit wie ein See, aber dafür weniger tief und reißend war, zu durchwaten. Hans zog Schuhe und Strümpfe aus, krempelte sich seine Hose so hoch er konnte und trug Eva hindurch. Eine süße Last, dachte er, als er ihren jungen Körper fühlte. So dachte er die ersten paar Meter. Dann dachte er nur noch an das gelbe, gurgelnde Wasser, das ihm wild um die Knie schoß. Und schließlich merkte er, daß er Eva unglücklich gefaßt hatte. Er war an Traglasten nicht gewohnt. Sie wurde ihm von Schritt zu Schritt schwerer. Ich bin ein schöner Christophorus, dachte er.

Als er drüben war, sprang Eva leichtfüßig von ihm ab. Er war einigermaßen außer Atem.

»Eva, ich möchte dich so durchs Leben tragen«, keuchte er.

Das war etwas banal gesagt. Er fühlte es selbst. Aber es war ihm verdammt ernst, und darum war ihm nichts Besseres eingefallen. Und es war wirklich nicht nötig, daß Eva ihn mitleidig anlächelte und die Backen tätschelte. »Ruh dich etwas aus, Hans«, sagte sie.

War das eine Antwort auf sein Anerbieten, sie durchs Leben zu tragen? Wer war er denn?

Er dachte an eine Wette, die er damals in Berlin verloren hatte. Er sollte für irgendein Magazin eine Abhandlung über Hölderlin liefern und hatte spaßeshalber das Opus von einem ihm bekannten Studenten der Tierarzneikunde zusammenschreiben lassen; es hatte ihn nachher große Mühe gekostet, zu verhindern, daß das Zeug gedruckt wurde. Jetzt war es genau umgekehrt mit ihm. Als Babenberger Pennäler hätte er einen Faust dichten, er hätte wie Zarathustra reden können – er hätte nur ein mitleidiges Lächeln erzielt.

Es wurde immer wärmer, trotz des nahenden Abends. Der feuchte Boden dampfte. Schwaden hingen zwischen den Bäumen. Alles sah aus wie durch einen Gazeschleier betrachtet. Grünes Licht hing in der Luft.

»Eva, wir sind eben durch das Gewitter unterbrochen worden. Wir sprachen von Johannes Pfeiffer, dem ›kleinen Mann‹, wie du so geschmackvoll sagst. Hast du überhaupt schon etwas von ihm gelesen?«

»Vielleicht nicht alles. Aber ich kenne von ihm ›Brot und Kunst‹ und die ›Islandfischer‹.«

»Wie gefällt dir ›Brot und Kunst‹?«

»Das ist sehr geistreich und packend geschrieben. Aber – man hat doch das Gefühl, da schreibt jemand vom Hunger, der noch nicht selbst gehungert hat.«

»Das ist ja auch nicht nötig, Eva. Wenn ich zum

Beispiel einmal über Napoleon schreibe, dann ist es nicht erforderlich, daß ich schon einmal Kaiser war.«

»Du möchtest wohl gerne Schriftsteller werden?«

»Vielleicht.«

»Ach, Hans, mich geht es ja eigentlich nichts an – aber ich weiß nicht –«

»Natürlich weißt du nicht«, sagte Hans barsch, »du kannst ja auch nicht wissen. Woher denn auch? – Und was hältst du von dem ›Doppelten Buchhalter‹?«

»Du, der ist köstlich, wahnsinnig komisch. Und nicht so unangenehm ironisch wie manche anderen Sachen von ihm, ›Blubb‹ zum Beispiel oder ›Eheferien‹. Weißt du, ich mag diese herablassende Art nicht, über die Spießer zu witzeln. Das ist billig und ungerecht. Denn Spießer muß es geben. Und wer auf Spießer schimpft, ist selber einer, sagt mein Vater. – Ich will das nicht gerade von diesem Johannes Pfeiffer sagen. Aber ich glaube, das ist doch noch ein ziemlich unfertiger Mensch, der noch nicht recht weiß, was er will.«

»Da könntest du recht haben«, sagte Hans nachdenklich und etwas niedergeschlagen. »Er ist ja auch noch ziemlich jung. Aber ein ganz lieber Kerl im übrigen.«

»Kennst du ihn persönlich?«

Hans fühlte, in welch gefährliche Nähe er das Gespräch getrieben hatte. Aber es reizte ihn.

»Natürlich kenne ich ihn. Wir waren viel zusammen in Berlin. Ich könnte dir allerlei von ihm erzählen. Auch manches, was andere nicht von ihm wissen. – Weißt du, wie er aussieht?«

»Wahrscheinlich gerade umgekehrt, als man ihn sich vorstellt. Vielleicht klein und dick, mit Glatze, Frau und acht Kindern.«

Hans war tief beleidigt. »Er ist natürlich nicht verheiratet. Auch nicht mehr verlobt. Er hat auch meines Wissens keine Kinder. Und ein hübscher Mensch. Ziemlich groß und schlank, so wie ich, vielleicht eine Kleinigkeit breiter. Haar dunkelblond, nach hinten gekämmt –«. Es war höchste Zeit, abzubremsen, aber ihn ritt der Teufel. »Und dunkle Brille, ähnlich wie ich. Und das Gesicht – also, wenn du es genau wissen willst – sieh mich mal an, Eva.«

Er faßte sie bei den Händen und steht dicht vor ihr. »Sieh mir ganz fest in die Augen. So! Jetzt weißt du, wie er aussieht.«

»Wieso?«

»Genau so sieht er aus. Genau wie ich. Eva! Sieh mal, Eva, ich kann dich doch nicht ewig belügen. Der Johannes Pfeiffer bin ich!«

Eva wußte nicht recht, ob sie lachen sollte.

»Ja, Eva. Und ›Brot und Kunst‹ ist von mir, und der ›Doppelte Buchhalter‹ ist von mir, und ›Eheferien‹ und ›Blubb‹ und all das andere. Und damit du es weißt, auch das Paddelboot ist von mir. Alles ist von mir. So!«

Er hatte es wild herausgesprudelt. Und nun war es da.

Eva sah ihn langsam und ernst an. »Was ist mit dir los? Du bist heute unerträglich.«

»Also, wenn du das nicht glaubst – Eva, ich gebe dir mein Ehrenwort – ich schwöre dir –«

»Schäm dich, Hans. Wenn du mich schon veralbern willst, dann tue es, bitte, ohne Schwur und Ehrenwort.«

Hans war puterrot geworden. »Ich habe nicht die Absicht, mich mit dir weiter über dies Thema zu unterhalten. Ich könnte dir ja morgen meine Papiere mitbringen.«

»Wenn du willst.«

»Du brauchst das nicht spöttisch zu sagen. Natürlich, wenn ich will. Aber – ich will nicht. Hörst du, Eva, ich will nicht. Ich denke gar nicht daran. Wenn du immer noch nicht merkst, wen du vor dir hast, wenn du mich immer noch für einen kleinen, armseligen Primaner hältst, dann –«

»Dann?«

»– dann geschieht dir ganz recht!«

Das Gespräch war zu Ende.

Hans sagte nichts mehr.

Eva sagte nichts mehr.

Sie trotteten nebeneinander her, sorgsam in zwei Meter Abstand. Jeder blickte steif geradeaus, mit gepreßten Lippen und geblähten Nasenflügeln.

So gingen sie durch den Wald.

Hans fühlte ein Kitzeln im Hals. Aber er wagte nicht, sich zu räuspern, er fürchtete, man würde das als Annäherungsversuch auslegen.

Eva fror und hätte gern ihre Jacke gehabt, die Hans trug. Aber sie hätte sich eher die Zunge abgebissen.

Auf diese Weise kamen sie endlich dort an, wo sie sich zu trennen pflegten. Die ersten Häuser von Babenberg waren in Sicht. Vereinzelt brannten schon die Lichter.

»Dann auf Wiedersehen.«

»Auf Wiedersehen.«

Sie gingen auseinander. Er nach rechts. Sie nach links.

Er hätte gern gesehen, ob sie sich nach ihm umschaute. Aber er wagte nicht, den Kopf zu drehen.

Eva ging es genauso.

Durch die glücklicherweise wenig belebte Burgstraße nach Babenberg hinein ging ein junger Mann, der sich einigermaßen auffallend benahm. Von Zeit zu Zeit blieb er stehen, schlug sich mit der rechten Hand eine kräftige Backpfeife auf die linke Seite und mit der linken Hand auf die rechte Seite. Dann nahm er seine Brille ab und wiederholte die Prozedur mit vermehrter Kraft.

Am liebsten hätte er sich auch noch in die Hinterfront getreten, aber dabei stieß er auf technische Schwierigkeiten.

Es schlug halb neun. Um acht Uhr fing der Kommers an. Er hatte keine Zeit, sich zu Hause umzuziehen. Er kam ohnehin schon in auffälliger Weise zu spät.

Er setzte sich in Eilmarsch und überlegte eine Ausrede. Gegegenüber einem Magister ist das furchtbar leicht. Da war es ein feststehender Katalog: Nasenbluten, Zahnschmerzen, Uhr stehengeblieben, Fuß verstaucht und so weiter. Aber Kameraden sind verdammt hellhörig.

Kurz vor neun Uhr kam er in der »Schere« an. Es war eine üble Fuhrmannskneipe, etwas hinter der Stadt. Aber vor Magistern war sie sicher, und vor allen Dingen hatte sie ein verschwiegenes Hinterstübchen mit Notausgang zum Flußufer.

Hans ging durch den langen Gang, dann links an der Küche vorbei, dann wieder geradeaus, hinter der Toilette rechts herum, dann quer über den Hof, und dann war er da. Er hatte schon fast bis zur Straße das Getöse der zu löblichem Tun versammelten Primaner gehört. In der kleinen, verräucherten Bude saßen sie nun großspurig hinter mannhaften Humpen und qualmten mit Heroismus billige Fehlfarben. Sie empfingen ihn mit einem Regen perfider Fragen.

»Warst wohl angenehm verhindert?«

»Ist es nett gewesen?«

»War sie zärtlich?«

»Laß ihn doch. Er ist ja noch gar nicht bei Besinnung.«

Hans wurde rot bis hinter die Ohren. »Wie ein Primaner«, dachte er und kämpfte dagegen an. Dadurch wurde es noch ärger.

»Hans hat ein schlechtes Gewissen.«

Er rappelt sich zusammen. »Dumme Bande, seid doch nicht so neidisch. Ich garantiere, morgen hat jeder sein Mädel. Neben sich auf der Bank. Jawohl, auf der Schulbank.«

Er enthüllte das Geheimnis des Gasangriffs und der zusammengelegten Physikstunde.

In dichten Knäueln drängten sie sich um ihn und lauschten mit angehaltenem Atem. Sie ließen das Bier abstehen und die Zigaretten erkalten. Sie taten aus Genußsucht, als glaubten sie nicht daran, und verlangten sämtliche kleinen und großen Ehren- und Bierwörter. Sie drohten ihm Klassenkeile an, wenn er sie verkohle. Aber tiefinnerlich waren sie überzeugt, daß alles seine Richtigkeit habe. Denn es war zu schön, um Flunkerei zu sein.

Hans konnte sich nicht enthalten, den wahren Sachverhalt ein wenig umzufälschen. Er schilderte ihn so, als habe er von Anbeginn an einen gemeinschaftlichen Physikunterricht ins Auge gefaßt. Er sagte es nicht rundheraus, aber es wurde so aufgenommen. Und Hans war schlau genug, nicht zu widersprechen. Als Schriftsteller hätte er es

»künstlerische Retusche« genannt. Als Gymnasiast mußte ihm dieser Begriff fremd sein. Darum beschwichtigte er sein Gewissen mit einem Fäßchen Bier, das er der Oberprima schmiß.

Und so hub dann ein altgermanisches Zechen an. Man wollte sich würdig auf den morgigen Tag vorbereiten. Außerdem kostete es nichts, und es wäre Verschwendung gewesen, sich nicht zu betrinken.

Hans hatte völlig durchnäßte Schuhe, und die dicke Lehmkruste hinderte jedes Ausdünsten. Er zog sie kurzerhand aus, stellte sie zum Trocknen auf und wickelte zwischendurch die Füße ins Zeitungspapier. Er fühlte eine wohlige Wärme.

Rudi Knebel bearbeitete die Drahtkommode. Ein Wirtshausklavier hat es nicht gut im Leben. Diesem hier waren einige Zähne ausgefallen oder ausgeschlagen. Die meisten Tasten waren braun angelaufen. Auf mehreren fehlte der Belag. Immerhin, wenn man fest draufdrückte, gab es einen leichten Knall und einen jammernden Ton wie bei einer Hawaiigitarre. Möglich auch, daß die Tonhöhe nicht durchaus der Reihenfolge der Tasten entsprach. Auf jeden Fall konnte man mit dem Instrument den Lärm der Primaner um ein Erkleckliches überlärmen.

Und war man mit dem Klavier nicht recht zufrieden oder empfand man Mitleid mit dem Möbel: Dann lupfte man den Deckel und schüttete einige

Glas Bier hinein. Allerdings ohne dadurch die Leistungen des Instruments merklich zu steigern.

Da das Klavier keine Tonarten mehr kannte, so sangen die Primaner in verschiedenen, ihnen persönlich zusagenden Tonhöhen. Husemann sang Baß, Knebel Heldentenor, Schrenk Bariton und Rosen Mezzosopran. Melworm flötete wie eine todgeweihte Amsel.

Es klang durchaus atonal.

Dazwischen pumpten sie kaltes Bier in die jungen Mägen, schrien und johlten, tanzten miteinander und schmissen Stühle um. Und waren sehr, sehr glücklich. Ackermann als Präses benutzte den väterlichen Spazierstock als Schläger, gebot Silentium, ließ von der Drahtkommode die erste Strophe vorspielen, brachte den fidelen Sängern ein Schmollis über das andere und tröstete den anstandshalber mitzechenden Melworm. Es wurden Halbe, Viertel und Achtel in die Welt getrunken. Man schrie: »Werde zu Hause zu rühmen wissen«, man bat »Tempus peto« und gewährte »habeas«. Man führte einen studentischen Ramsch herbei und soff einfache und doppelte Bierjungen, was bekanntermaßen gleich hinter der Todesstrafe rangiert, und nach erledigtem Bierjungen stürzte man schnellstens hinaus. Man aß auch wohl ein belegtes Schnittchen und fühlte sich zwischen Elend und Herrlichkeit so pudelwohl, daß man gar nicht wußte, was es noch Schöneres auf Erden geben könne. Es war nicht nur die physiologische Wirkung des Alkohols, nicht nur die vollkommene Neuartigkeit des Genusses, bei dem man gewissermaßen wie bei der ersten Liebschaft unbekanntes Neuland betrat und staunte und sich groß fühlte. Es war vor allen Dingen die maßlose Verbotenheit der Sache. Schon der Gedanke allein, fünf Stunden hintereinander ohne Unterbrechung gegen die Schulordnung zu verstoßen, genügte vollauf, um eine Raserei des Glücks zu bewirken. Es war nicht wie beim Rummel, wo man erwartet, daß etwas los ist, aber nichts kommt, und weil nichts kommt, die Erwartung immer höher steigt und doch nicht erfüllt wird. Hier schien alles schön und groß und herrlich und originell. Man barst vor Vergnügen, wenn Hans Pfeiffer einen Salamander à la Schnauz kommandierte: »Aber jäder nor einen wenzegen Schlock.« Man erstickte vor Lachen und prustete das Bier im Sprühregen wieder von sich, wenn Husemann anfing zu bömmeln: »Wat ist Bier? Da stelle mer uns janz dumm, un da sage mer so: Bier ist, wo, wat, wemmer keins hat, mer sich eins bestelle muß.«

Dann wird Melworm, der große Schweiger, zu einer Rede verdonnert, und Ackermann beckmessert, wie oft Melworm »öh« sagt. Auch der kleine Luck wird nicht verschont. Er muß seine heimlichen Gedichte deklamieren oder drei Ganze spinnen. Drei Ganze hätte er nicht überlebt; also stellt er sich in eine Ecke und spricht mit Geisterstimme seine tief empfundenen Kreuzungen zwischen Hölderlin und Stefan George. Er wurde selbst ganz erschüttert davon. Die anderen allerdings noch mehr; sie lagen unter den Stühlen und wälzten sich. Selbst Hans Pfeiffer lachte mit und wandte sich schamhaft ab. Luck aber ward von Stund an Satiriker.

Es ging auf elf Uhr. Und es wurde immer schöner. Immer lauter. Alles geschah im Fortissimo, das Singen, Kommandieren, Erzählen, sogar das Trinken. Die Salamander wurden nicht gerieben, sondern gehauen, daß die Henkel von den Krügen sprangen. Von außen hörte es sich an wie ein Hexensabbat. Auf der Straße blieben die Leute stehen und wunderten sich. Die Beteiligten aber fühlten sich wie auf Parkettsitzen im Paradies.

Den Höhepunkt bildeten die Lieder. Hier konnten sie alle gleichzeitig schreien, und jeder kam sich vor, als sei er allein der Urheber des Getöses. Und so sangen sie in endloser Kette abgelegte Studentenlieder: ›Im schwarzen Walfisch zu Askalon‹, ›Was kommt dort von der Höh'?‹, die ›Lindenwirtin‹ und ›Ça ça geschmauset‹. Oder übten ihre humanistische Bildung an ›Gaudeamus igitur‹ und ›Ergo bibamus‹, besangen die Liebe an Hand der ›Lore am Tore‹ oder der ›Filia hospitalis‹, der keine aequalis sei. Oder wurden plötzlich gerührte Männer und fragten immer wieder die alte Burschenherrlichkeit, wohin sie entschwunden sei. Am lautesten aber tobte man von der Freiheit. ›Frei ist der Bursch‹ oder ›Freiheit, die ich meine‹ oder auch:

»Burschen heraus!
Lasset es erschallen von Haus zu Haus!
Rufet zu Hilfe die Poesei
Gegen – –«

Jäh zerbrach der Männergesang. Ein bleicher Schreckensruf! »Der Zeus!« Verflogen waren mit einem Schlage Tyrannentrutz und Freiheitskoller. Und übrig blieb ein Fähnlein angstschlotternder Schulbuben, die in wilder Flucht zum Fenster hinauskrabbelten. Auf den Hof, in die Rückzugslinie, an den Fluß.

Ein Glück, daß Hans Pfeiffer den Rückzug organisierte und deckte. »Kommersbücher mitnehmen!« Da standen nämlich die Namen drin. Und gerade will Hans in seine halbtrockenen Schuhe schlüpfen, um wie ein Kapitän als letzter das sinkende Schiff zu verlassen, da fühlte er sich am Rockschoß ergriffen.

»Pfeiffer? Natürlich wieder der Pfeiffer. – Was tun Sie hier?«

»Ich? Nichts. Ich ziehe mir die Schuhe an.«

»Wo sind die anderen?«

»Bei meiner Wirtin. Zum Putzen.«

»Halten Sie den Mund! – Wer war sonst noch hier?«

Hans hält den Mund.

»Antwort! Wer war sonst noch hier?«

»Ich war ganz allein, Herr Direktor, ich liebe die Einsamkeit.«

Knauer sah sich im Raume um. Überall gestürzte Gläser, weggeworfene Zigarren, große Pfützen, umgeworfene Stühle.

»So? – Und wem gehören die Gläser?«

»Ich hatte kolossalen Durst.«

»Pfeiffer, wenn Sie die Namen nicht sagen, fliegen Sie von der Schule!«

Damit war Hans nicht gedient. Jetzt, wo es gerade anfing, gemütlich zu werden!

»Herr Direktor, dazu haben Sie kein Recht. Sie dürfen mich nicht zwingen, meine Kameraden zu verpetzen. Das können Sie pädagogisch nicht verantworten! Ich habe kürzlich noch mit meinem Onkel einen ähnlichen Fall besprochen. Sie kennen doch den Ministerialdirektor von Webern im Unterrichtsministerium?«

Der Direktor kannte ihn zwar nicht. Er konnte ihn auch nicht kennen. Einen Webern gab es zwar, aber der war ohne »von« und lieferte Hans in Berlin die Kohlen. Immerhin machte aber der »Onkel Ministerialdirektor« einigen Eindruck. Knauer war nicht für Konflikte.

»Ich nehme als selbstverständlich an, daß Ihre

Zechgenossen keine Schüler unserer Anstalt sind«, sagte er und einigte sich mit Hans Pfeiffer auf eine saftige Strafarbeit, die am kommenden Nachmittag um halb fünf eigenhändig bei ihm abzuliefern sei. Zur Verschärfung der Strafe und Empfangnahme einer ausführlichen Verwarnung.

Als Brett am nächsten Morgen die Oberprima betrat, mußte er süffisant lächeln. Alle hatten die Sonntagsanzüge an und ihre schönsten Hemden. Alle waren gekämmt und rasiert, geschniegelt und gebügelt. Wie zu einer Hochzeit. Rudi Knebel wetteiferte im Glänzen mit einer Tomate. Rosen hatte sich mit dem duftigen Spitzentüchlein seiner Schwester garniert. Der kleine Luck saß auf einem Band Brockhaus, um größer zu erscheinen. In fiebernder Erregung wartete man auf die Gemeinschaftsstunde.

Dr. Brett konnte heute nicht viel mit den Oberprimanern anfangen. Nach den Freiübungen wurde Hans aufgerufen. Er versagte und zog sich eine Ansprache zu.

»Sie sind auch einer von den genialen Burschen, die alles von selber können. Ich warne Sie! Bei uns lernen Sie Mathematik, Latein, Französisch, Englisch und manches andere. Aber das Wertvollste, was Sie auf der Schule lernen können, ist Arbeiten. Darauf kommt es im Leben an. Wenn ich unter meinen früheren Schülern Umschau halte – aus wem ist was geworden? Nicht aus den Genialen – nein, aus den Arbeitern. Arbeiten bewirkt den sozialen Aufstieg.«

Hans fühlte sich getroffen. Als ob der soziale Aufstieg unser höchstes Ziel wäre.

»Mein Lieber, das Gymnasium ist eine bürgerliche Institution und dient einem bürgerlichen Ideal. Wer als Diogenes in der Tonne sitzt oder in seiner Dachkammer unsterbliche Verse für die Nachwelt dichtet, der bedarf keines Reifezeugnisses.«

Schade, daß diese klugen Worte vor einer Korona gesprochen wurden, deren Sinn nach anderen Dingen stand.

Endlich war es elf. Mit klopfenden Pulsen stieg man hinunter in den Physiksaal.

Nichts war zu sehen. Kein Zopf, kein Lockenkopf, kein Rock, kein Garnichts.

Vielleicht warten sie schon unten im Saal?

Keineswegs. Sie warten nicht.

Vielleicht kommen sie noch?

Herein kommt der Schnauz. Hinter ihm niemand. Er schließt die Tür.

Aus. Hans hat geschwindelt.

Unheimliche Stille im Saal. Man hört Scharren und Zähneknirschen. Hans fühlt sich von hinten erdolcht.

Da öffnet sich die Tür, der Direktor erscheint,

und hinter ihm, von der Direktorin geführt, ein Festzug junger Mädchen.

Aaaaaah!

Sie waren im Lyzeum formiert und zu einer feierlichen Prozession zusammengestellt worden, damit sie keinen Augenblick länger als erforderlich mit den Jungen zusammen seien.

Der Festzug nähert sich. Mit gesenkten Wimpern wandeln die Fräulein herein. Um den Arbeitstisch herum und in die aufsteigenden Bänke. Voll überstürzter Ehrerbietung rücken die Jünglinge auf die Seite.

»Setzen!«

Der Direktor ergreift das Wort und bittet seine lieben Primaner, sich mit der unvermeidlichen Tatsache abzufinden. Es handle sich um einen vorübergehenden Zustand von wenigen Wochen.

Dann verschwindet er mit der Direktorin.

Es kann losgehen.

Die jungen Damen hatten sich rasch an die Situation gewöhnt, blickten vergnügt im Kreise umher und fühlten sich bald wie zu Hause. Um so befangener war die Männerriege. Jeder einzelne Oberprimaner hatte das Gefühl, daß sämtliche Mädchen mit nichts anderem beschäftigt seien als mit seiner Frisur und mit seiner Nasenspitze. Es war nicht halb so lustig, wie man es sich ausgemalt hatte. Wenigstens einstweilen.

Der Schnauz schwamm in Seligkeit. Mit langen,

gewollt jugendlichen Schritten stelzte er vor der Klasse auf und nieder und redete wie ein Buch. Er hatte sich ausgezeichnet präpariert und apostrophierte ausschließlich die Damen. Seine Primaner waren Luft für ihn. Er sprach lauter und vernehmlicher als sonst und erbaute sich am Tönen seines nasalen Organs. Die Mädels erbauten sich gleichfalls.

Das mußte der Schnauz auf die Dauer merken. Er bat um Aufmerksamkeit. Verbindlich lächelnd. Väterlich mahnend. Und schließlich richtig böse. Jedesmal erzielte er denselben Erfolg: verstärktes Amüsement und Gekicher. Seine Autorität stand in Gefahr.

»Meine Damen, Sä zwengen mech zo einer geharneschten Maßrägel. Ech wärde Sä auseinander sätzen, damet das Geflöster onter Ehnen aufhört.«

Die Maßregel wurde befolgt. Unsere Oberprima saß nun in bunter Reihe. Jeder hatte ein Mädel neben sich. Pfeiffer natürlich seine Eva. Gegen ihren Willen. Nur für den kleinen Luck war keine übriggeblieben. Er hatte es nicht anders erwartet.

Die Umgruppierung half tatsächlich. Man ließ den Schnauz in Ruhe. Die neugebackenen Banknachbarn blinzelten sich verstohlen zu. Einige fanden Gefallen aneinander. Einige aber bedauerten, beim Platzwechsel nicht genügend Obacht gegeben zu haben. Am meisten haderte der lange Rosen mit seinem Geschick. Er war neben seine Schwester geraten. Rudi Knebel hatte sich zum strahlenden Kürbis emporgeschwungen. Melworm betete inbrünstig zum Himmel seiner Sekte.

Schnauz will nun das Aufleuchten einer Selen-Zelle vorführen und macht das Zimmer dunkel.

Selen hat ein Atomgewicht von 79,2. Eine der seltsamsten Eigenschaften des Selen besteht darin, daß es seinen Widerstand dem elektrischen Strom gegenüber ändert, sobald es belichtet wird. Man kann auf diese Weise Lichtschwankungen umsetzen in elektrische Stromstöße. Diesem Zweck dient die sogenannte Selen-Zelle, auf deren Wirkung die Bildtelegraphie beruht. Hugh! Der große Schnauz hat gesprochen. Hehres Schweigen im verdunkelten Saal.

Ein Mädel quietscht.

Der Schnauz räuspert sich bedrohlich.

Ein zweiter Quietscher, länger und kräftiger als vorher.

Schnauz schaltet das Licht ein. Alle sitzen da mit fromm gefalteten Händen und staunen.

»Wär est das gewäsen?«

Niemand.

»Wär est das gewäsen?«Hans meldet sich freiwillig.

»Onsenn, das war eine Schölerin. Ech wärde die Öbeltäterin feststellen.«

Er läßt die Mädels einzeln an sich vorbeimarschieren und der Reihe nach quietschen. Sie tun es herzhaft und mit Lust. Nur Ilselotte hält es für angebracht, ihre Stimme zu verstellen und einen tiefen Ton zu quaken.

Das schlechte Gewissen wird zum Verräter.

»Warom haben Sä gequähtscht?«

»Ich weiß nicht«, haucht Ilselotte. Dabei schaut sie den armen Schnauz aus ihren blauen Madonnenaugen so betörend an, daß er völlig die Fassung verliert. Er muß wegblicken und ist wehrlos.

»Sätzen Sä sech, ond passen Sä nächstes Mal bässer auf, damet Sä könftig wessen, warom Sä quähtschen.«

Ilselotte stöckelt auf ihren Platz zurück. Sie saß neben Rudi Knebel.

Die Mädels wußten nun Bescheid. Professor Crey tat ihnen nichts. Augen wie eine Madonna konnten sie alle machen.

Der Schnauz sammelte sich rasch und dozierte weiter. Er kam zum Schluß: »– ond so äntsteht bei dähsem Versoch ein starker Öberschoß an Steckstoff. Wäderholen Sä das, Pfeiffer!«

Hans wiederholte mit scheinheiligem Gesicht.

»Ond so äntsteht bei dähsem Versoch ein starker Öberschoß an Steckstoff.«

Der Schnauz schnauzte: »Haben Sä emmer däse alberne Aussprache?«

Die Antwort erfolgt von der gesamten Klasse in Form eines Brüllens. Aber über den rauhen Primanerbässen schwebt ein hoher Oberton aus Mädchenkehlen. Aus dem Männerchor war ein gemischter Chor geworden.

Am Nachmittag saßen Frau Direktor Knauer und Tochter am festlich gedeckten Kaffeetisch und harrten des Herrn Professor Crey.

Eva sollte Hausmütterchen spielen und hatte eine Tändelschürze umbinden müssen. Auch der gigantische Napfkuchen auf dem Tisch war ihr Werk. Allerdings hatte die Mama dabei Oberaufsicht geführt. Die verbrannte Seite war geschickt mit Zucker überpudert.

Mama Knauer ist etwas nervös. Sie rückt auf dem Kaffeetisch bald ein Löffelchen, bald eine Tasse zurecht. Sie dreht den Kuchen, daß die schöne Seite vor Professor Creys Platz zu stehen kommt, und erteilt die letzten Ermahnungen:

»Du mußt wirklich etwas liebenswürdiger zu ihm sein, Eva. Er soll allmählich merken, daß du ihn gern hast. Zieh dir mal die Bluse tiefer. Und halte dich besser. Brust heraus! Siehst ja aus wie ein Kind.«

Es klingelt.

»Minna, den Herrn sofort hereinführen!«

So! Rasch die Stühle geradegeschoben. Dann hingesetzt. Und die Häkelarbeit zur Hand genommen. Bitte recht freundlich. Jetzt kann der Besuch nähertreten.

Der Besuch heißt Hans Pfeiffer. Hans kommt mit seiner Strafarbeit. Einen so aufmerksamen Empfang hatte er nicht erwartet. Er stellt sich den Herrschaften vor. Der Herr Direktor habe ihn hergebeten.

Mama Knauer weiß nicht recht. Aber es wird schon stimmen. Ihr Gatte tut nichts Unüberlegtes.

Sie nötigt den Primaner wohl oder übel an den Tisch, und schon sitzt er zwischen Mutter und Tochter. Crey war für vier Uhr geladen. Fangen wir einstweilen an. Kaffee, Sahne gefällig? Zucker? Selbstgebackener Kuchen – bitte, tüchtig zuzulangen.

Hans fühlt sich. Endlich wird man wieder für voll genommen. Endlich ist man nicht bloß ein armseliger Pennäler. Sondern Besuch.

Er unterhält die Damen so geistreich wie möglich. Er spricht von der Kaffee-Ernte, von Eleonore Duse, von der Erforschung des Nordpols, von der Sumpfschildkröte und noch von tausend anderen Dingen. Und von jedem ein bißchen. Wie ein Magazin. Motto: zehnmal so klug wie sie.

Mama Knauer hängt an seinen Lippen. Sie wird von Hans hofiert. Er bewundert ihr Kleid und die Brosche. Er lobt den Kaffee und den Kuchen. Er sagt zu ihr »Meine Gnädigste«. Er ist mitten in die Familie gerutscht.

Plötzlich steht er auf. Papa Knauer ist eingetreten.

Hinter ihm Crey.

»Pfeiffer, wo haben Sie ihre Strafarbeit?«

»Strafarbeit«, hat er gesagt. Eva wird rot und beißt sich auf die Lippen. Frau Knauer weiß nicht, was sie sagen soll. Die anderen wissen es auch nicht. Die Stimmung ist eisig, unter Null. Endlich findet Frau Knauer den Anlauf:

»Herr – Pfeiffer – wir möchten Sie dann nicht länger aufhalten.«

»Sä haben sicher noch Ehre Scholarbeiten zo machen«, ergänzt Professor Crey.

Hans fühlt die Demütigung, er will etwas Freches sagen. »Verzeihung, aber ich hatte –«

»Sä haben gar nichts. Sätzen Sä sech.«

Hans Pfeiffer setzt sich nicht, sondern macht eine linkische Verbeugung und schleicht von hinnen. Wie ein begossener Pudel.

Am nächsten Tag war Professor Crey ziemlich ungnädig zu Hans. Er beachtete ihn nicht, er nahm ihn nicht dran. Er überging ihn völlig. Von mir aus, dachte Hans, ich kann das lange aushalten.

Zu allen Unglück aber auch hatte er sein Geschichtsbuch vergessen. Da wurde der Schnauz sehr ironisch. »Pfeiffer, Sä send doch där, där sech so gärn zom Kaffee einlädt. Heute nachmettag Ponkt vier Ohr mälden Sä sech mit dem Boche in meiner Wohnung. Aber Kaffee und Kochen gebt es necht.«

Am Nachmittag, Punkt vier Uhr – sogar schon zehn Minuten vorher – ist Hans Pfeiffer zur Stelle. Allerdings nicht bei Herrn Professor Crey, sondern draußen an der Neurather Landstraße. Und er hat auch kein Geschichtsbuch bei sich, sondern ein lustiges Blumensträußchen, das er sich im sanitätsrätlichen Garten zusammengeklaut hat. In der Hand schwingt er ein silberbeschlagenes Bambusstöckchen, mit dem er durch die Luft fuchtelt und schneidige Terzen und Quarten ins Leere haut.

Von der Johanneskirche schlägt es vier. Jetzt muß sie jeden Augenblick kommen. Und der Schnauz kann warten, bis er schwarz wird. Morgen kriegt er irgendeine Entschuldigung. Dafür hat man ja die Frau Windscheid.

Heute würde er auch die Sache mit Johannes Pfeiffer in Ordnung bringen. »Evamädchen«, würde er zu ihr sagen, »laß doch den Quatsch. Ich war ja nur wütend, daß ich dich nicht habe verkohlen können; aber du bist ja ein viel zu kluges Mädchen, und ich will's auch nicht mehr wiedertun.«

Wo bleibt sie denn? Sie war gewiß schon unterwegs.

Eva war nicht unterwegs.

Eva hatte sich wie gewöhnlich von zu Hause

drücken wollen, um zu ihrer zuverlässigen Freundin Lisbeth zu gehen, war aber von der Mutter geschnappt worden.

»Wo willst du schon wieder hin?«

»Och, gar nichts, ich wollte nur –«

»Das Gelaufe hört mir auf. Übrigens habe ich mit dir zu reden.«

Die Uhr an der Johanneskirche schlägt viereinviertel. Hans steht nach wie vor an der Neurather Landstraße. Er wird langsam ungeduldig. Warten ist nicht seine starke Seite. Aber er hat ja auch den Schnauz draufgesetzt; der Gedanke tröstet ihn.

Merkwürdig übrigens, daß Eva ihn warten läßt. Vielleicht ein gutes Zeichen. Kleine Unkorrektheiten beweisen eine gewisse Vertraulichkeit. Bei Fremden ist man pünktlich.

Er wickelt sich in Geduld. Er marschiert zwischen zwei Chausseebäumen hin und her. Er zählt die Schritte. Berechnet danach die Breite der Straße und den Abstand der Bäume. –

Um halb fünf ist die Unterredung zwischen Eva und ihrer Mutter beendet. Eva hat ein verheultes Gesicht und ist mit allem einverstanden.

»Also, mein Kind, du weißt jetzt, was du zu tun hast. Gib mir die Hand.«

Eva reicht sie willenlos, mit abgewandtem Gesicht. Dann geht sie auf ihr Zimmer und schließt sich ein.

Indessen stand Hans Pfeiffer immer noch treu

und brav an der Neurather Landstraße. Treu und brav ist allerdings nicht wörtlich zu nehmen. Seine Schrittberechnungen machten ihm keinen Spaß mehr. Er war dazu übergegangen, seine Wut an unschuldigen Zweigen, Sträuchern und Ginsterbüschen auszulassen, die er mit seinem Spazierstock erbarmungslos köpfte. In Abständen von etwa zehn Minuten sah er auf seine Uhr. Als es zwanzig Minuten vor fünf war, stellte er Eva ein Ultimatum: Noch genau fünf Minuten würde er hier warten, keine Sekunde länger. Um Viertel vor fünf verlängerte er das Ultimatum um weitere fünf Minuten, und dann nochmals um drei Minuten.

Aber dann war es aus. Das Sträußchen flog in weitem Bogen in den Straßengraben. Beinahe wäre der Spazierstock mitgeflogen.

Dann fiel ihm zur rechten Zeit wieder Professor Crey ein. Der Gedanke, daß der Schnauz jetzt auch drei Viertelstunden auf ihn gewartet hatte und inzwischen geplatzt sein mußte, war ihm wie Balsam.

Das ging er sich ansehen.

Professor Creys ältliche Wirtschafterin öffnete. Der Professor sei eben ausgegangen, wolle aber gleich wiederkommen. Wenn der junge Herr so lange warten möchte?

Kaum war die Wirtschafterin in der Küche, stellte Hans seine Taschenuhr auf vier, stellte Creys Wanduhr auf vier, stellte die Nippesuhr mit der geflügelten Jungfrau auf vier und stellte nebenan den Wecker auf dem Nachttisch ebenfalls auf vier. Draußen tat es fünf Schläge.

Alsbald kehrte Schnauz zurück. Hans ließ sich nach allen Regeln der Kunst anpfeifen ob seiner Unpünktlichkeit. Das tat ihm wohl. Als Crey zu Ende war und einen Öbergang sochte zu väterlicher Ermahnung, zog Hans mit dem Antlitz eines Märtyrers seine Uhr und sagte:

»Herr Professor, eben ist es vier.«

»Dann gäht Ehre Ohr natörlich falsch.«

»Vielleicht haben Sie nicht die richtige Zeit, Herr Professor.«

»Was Sä necht sagen!« Er zeigte auf seine diversen Uhren und wurde zusehends kleinlauter. Und stellte zu guter Letzt seine eigene Taschenuhr zurück. Sie war überstimmt.

Crey ist namenlos unglücklich, daß er einen Schüler – und sei es auch nur der Pfeiffer – zu Unrecht angepfiffen hat. Er entschuldigte sich in aller Form.

»Ich bin Ihnen nicht böse, Herr Professor. Die Standpauke können wir ja meinem Konto gutschreiben.«

Inwendig ist ihm weniger keß zumute. Als er wieder auf der Straße steht, kommt ihm sein ganzes Elend zum Bewußtsein. Was ist mit Eva?

Er rennt nach Hause.

Er weiß nicht warum.

Sanitätsrat Steinhauer ist ins Bad gereist, seine Säuferleber auszuspülen. Knoll hat seinen Wohnsitz verlegen müssen. Er war es satt, sich immer wieder von Frau Windscheid die Leviten lesen zu lassen. Und ist mit seinem Verhältnis über alle Berge.

Hans zieht sich in sein Zimmer zurück. Unten wird geschellt. Hans geht öffnen. Ein Kind gibt einen Brief für ihn ab.

Offenbar von Eva. Er schlitzt ihn auf. Seine Hand zittert. Er liest. Wird blaß, knüllt den Brief zusammen und pfeffert ihn auf den Boden. Setzt sich auf eine Kiste mit leeren Flaschen und stiert auf das Papierkügelchen. Dann hebt er es auf, streicht es umständlich und sorgfältig auseinander und steckt es ein.

Frau Windscheid hört, wie er unaufhörlich mit schweren Schritten in seinem Zimmer auf und ab stampft. Immer auf und ab.

Schon eine halbe Stunde. Länger.

Sie fragt, ob sie ihm einen Tee bereiten soll. Hans stößt einen entsetzlichen Fluch aus und rasselt die Treppe hinunter. Auf die Straße. An die Luft.

Sinnlos wandert er durch die Stadt. Kreuz und quer, ohne Ziel. Er kommt durch Straßen, die er noch nie gesehen hat – und das will in diesem Städtchen viel heißen.

Er hat die letzten Nächte schlecht geschlafen.

Alles in ihm lechzt nach Durchlüftung und Freiheit. Er verspürt das Bedürfnis, sich körperlich müde zu machen. Ziellos tappt er durch die Gassen. Beim Gärtner Molinar macht er halt. Der Sohn züchtet Kakteen, der Alte Orchideen. Hans kauft einen Busch Cymbidium Lowianum, für fünfundzwanzig Mark. Das sind hundert Blüten. Heute ist Freitag. Sonntag vormittag sind die Orchideen bei Fräulein Knauer abzugeben.

Als er draußen ist, rennt er zurück. Bestellt die Blumen wieder ab. Es wäre ein Irrtum. Der Gärtner sieht ihn groß an und gibt ihm achselzuckend das Geld wieder heraus.

Es dämmert. Sterne stechen durch die flirrende Himmelskuppel. Die Giebel verschwinden, die Menschen sind wie unter Wasser. Babenberg wird Vineta. Aber das Pflaster ist alles andere als traumhaft. Wie kann man nur so holprig sein! Die Sohlen schmerzen.

Nicht nach Hause. Nur nicht nach Hause. Er humpelt weiter.

Plötzlich hat er eine Vision. Er sperrt Mund und Nase auf und greift sich an den Kopf. Er ist wahnsinnig geworden:

Vor ihm stehen, wie aus dem Erdboden gezaubert, seine Kumpane von der Feuerzangenbowle: Justizrat Fleisch, der alte Etzel und Geheimrat Fröbel.

Da saßen sie nun in dem kleinen Hinterstübchen bei Axmacher am Markt, zusammen mit dem Primaner Hans Pfeiffer.

Für die alten Herren war das ganz neu: Hans Pfeiffer mußte sich immer wieder die Pennälermütze aufsetzen, ein Parzivalgesicht machen und mit dem Finger aufzeigen. Sie wollten sich darüber schier zu Tode lachen.

Dann aber mußte er erzählen.

Sie hatten sich in Berlin ernstlich Sorge um ihn gemacht, als sie rein gar nichts von ihm hörten. Er war, wie die meisten Schriftsteller, von einer bemerkenswerten Schreibfaulheit; auf Briefe antwortete er nur dann, wenn er sich über sie ärgerte. Einmal hatte man bei Marion angerufen, aber die hatte eingehängt. Schließlich bekamen es die Herren von der Feuerzangenbowle, die ja als Väter des Gedankens auch eine gewisse Verantwortung hatten, mit der Angst; eine dreiköpfige Abordnung setzte sich kurz entschlossen auf die Bahn, um nach dem Rechten zu sehen. Und nun waren sie hier.

Hans also erzählte. Alles schön von Anfang an. Vom ersten Bellebemm-bellebemm, über Schnauz und Bömmel, Heidelbeerwein und Karzer, bis zum Schwefelwasserstoff und seinen Folgen. Er erzählte ohne jede Beschönigung, und es war einfach rührend, wie er all die großen Missetaten, sogar die versteckten Schuhe und die Sache mit dem

Schild demütig auf seine Kappe nahm. Die alten Herren aber lachten, daß ihnen die Bäuche wackelten; Beefsteak à la Meyer und gebackene Leber mit Zwiebeln wurden darüber kalt.

Von Zeit zu Zeit fiel auch der Name Eva. Es ließ sich nicht ganz vermeiden. Und dann spitzten die drei Feuerzangenherren jedesmal die Ohren. Aber was sie darüber zu hören bekamen, war höchst spärlich und unzusammenhängend und auch gar nicht besonders komisch. Und wenn sie dennoch lachten, um ihre Aufmerksamkeit zu bekunden, fuhr Hans Pfeiffer beleidigt in die Höhe.

Also hier stimmte etwas nicht. Pfeiffer war überhaupt nicht so, wie er nach so viel Ulk und Spaß hätte sein müssen. Sie quetschten an ihm herum. Aber er wurde immer einsilbiger.

»Wer zum Teufel ist denn überhaupt diese Eva?«

»Das ist ja egal.«

»Ist sie wenigstens hübsch?«

»Wieso wenigstens?«

»Gebildet?«

»Sie hält Johannes Pfeiffer für einen kleinen Mann.«

»Reich?«

»Laßt mich in Ruh.«

»Und Marion?«

»Aus.«

Die drei Männer sehen einander an; die Diagnose steht fest. Ein schwerer Fall. Schließlich wagte der alte Etzel den entscheidenden Vorstoß.

»Mein lieber Junge, lassen Sie sich das von uns alten Strategen gesagt sein: Einmal erwischt es uns alle. Niemand entgeht seinem Schicksal. Und gegen Verliebtheit gibt es nur ein Radikalmittel: heiraten. Eine Pferdekur, aber sie hilft.«

Pfeiffer glotzt auf seinen Bierfilz. »Quatsch. Primaner heiraten nicht.«

»Wieso Primaner?«

»Hier in Babenberg bin ich« – er knallt die Pennälermütze auf den Tisch – »Primaner! Und wenn ich als Primaner zu schäbig bin – Prosit!«

Hans spült den Rest seiner Rede hinunter und starrt wieder auf das blau-weiß karierte Tischtuch.

»Und was weiter?«

»Gar nichts. Morgen mittag fahre ich mit euch nach Hause. Aus! Schluß!«

»Sie wollen sich also hier sang- und klanglos verdrücken?«

»Nicht ganz. Ihr kennt meine Vorliebe für dramatische Abschlüsse. Morgen früh gehe ich noch einmal zur Schule und gebe meine Abschiedsvorstellung. Aber eine mit Knalleffekt, sage ich euch. Eine, daß sie mich auf der Stelle hochkantig rausschmeißen. Damit hätte ich dann ja das Ziel meiner Reise erreicht – und komme wenigstens nicht in die Versuchung, hier noch länger hängenzubleiben«, setzte er wehmütig hinzu.

Schweigen in der Runde. Der Justizrat saugt an seiner Brasil. Der alte Etzel ist mit seinem Essen beschäftigt. Pfeiffer liest in der Speisekarte herum; er hat keinen Appetit, Roastbeef mit Remouladensauce – warme Küche bis 11 Uhr abends – es wird gebeten, auf den silbernen Tabletts –

»Pfeiffer, Sie werden gewünscht.«

Pfeiffer fährt herum. Vor ihm steht Professor Crey.

»Pfeiffer, wässen Sä necht, daß Sä nor in Begleitung Ehrer Eltern oder dären Ställverträter –«

»Oh, Herr Professor, die Stellvertreter habe ich mitgebracht. Gleich drei Stück. Darf ich bekannt machen: Herr Professor Dr. Crey – mein Ordinarius; Herr Justizrat Fleisch – mein Vormund; Herr Bankier Etzel – mein Gegenvormund; Herr Geheimrat Fröbel – mein Obervormund.

Professor Crey lächelt sauersüß. Ein so deffezäler Schöler hat wohl drei Vormönder nöteg, denkt er.

»Wollen Sie nicht Platz nehmen?« Den Spaß möchten sie sich nun doch nicht entgehen lassen.

Crey sieht sich die Herren mißtrauisch an. Sie machen einen durchaus gediegenen Eindruck. Außerdem ist eine gewisse Verbindung zwischen Schule und Haus necht onerwünscht. Er nimmt Platz und bestellt sich ein kleines Helles und sein gewohntes Filet-Gulasch. Aber er ist befangen, fühlt sich von seinem Schöler in seinem Privatleben, beim Essen und Trinken beobachtet. Das Gespräch kommt nicht über Friseurstubenniveau.

Auch Pfeiffer fühlt sich unbehaglich. Er hat Angst, man könnte auf den Gedanken kommen, den Schnauz aufzuziehen. Und ihm ist ganz und gar nicht danach zumute. Was ist mit Eva? Er rutscht hin und her und sieht alle naselang nach der Uhr.

»Wenn Sä noch Schoolarbeiten zu erlädigen haben, sollten Sä sech necht abhalten lassen. Es est gleich neun Ohr.«

»Zehn Uhr«, wollen die anderen sagen; aber Hans macht ihnen ein Zeichen. Trotz der frühen Stunde verabschiedet er sich und stiefelt hinaus.

Damit ist der Bann gebrochen. Professor Crey wird gesprächig. Jetzt hat er auch ein Thema. »Der Schöler Pfeiffer est necht ohne Begabong. Aber sähr, sähr kendlich noch, und treibt vähl Förlefanz.« Er erzählt die Heidelbeergeschichte und andere Taten, gesehen von der Seite des Lehrers. Die drei Feuerzangenherren sind erschüttert, wie sich aus dieser Perspektive alles ganz anders ausnimmt. Es ist gar nicht mehr zum Lachen.

Inzwischen wird kräftig weitergezecht, nach Babenberger Ortsgebrauch zu jedem Glas Bier ein Doppelkorn und zu jedem dritten Glas ein Schinkenbrot; der Doppelkorn gegen das kalte Bier und das Schinkenbrot gegen den starken Doppelkorn. In der Kleinstadt wird Saufen zur Wissenschaft. Man hat nichts Besseres.

Der Schnauz wird allmählich warm. Alles Steifleinene fällt nach und nach von ihm ab; zunächst der Professor, dann der Doktor, dann der Oberlehrer. Und übrig bleibt der Mensch Crey. Ein ganz prächtiger Mensch, voll Güte und Menschenliebe. Und ein ganz vernünftiger Mensch, mit großem Wissen und klugen Gedanken. Die Berliner Herren verstehen sich köstlich mit ihm. Sie begreifen gar nicht, wie Pfeiffer ihn zur Karikatur machen kann. Auch seine Aussprache wurde von Glas zu Glas natürlicher und war schließlich von der eines normalen, leicht bezechten Bürgers nicht mehr zu unterscheiden.

Als Fritz die Aschenbecher und Tischtücher von den Tischen abgenommen und die Stühle auf die Tische getürmt hatte, gingen die Herren, mit stattlicher Bettschwere versehen, nach Hause.

An eben dieser Bettschwere allerdings hatte es Hans Pfeiffer gefehlt, als er sich um zehn Uhr von ihnen verabschiedete. Er wußte auch gar nicht recht, warum er ging. Er lief wieder planlos durch die Stadt.

Die Straßen von Babenberg sind um zehn Uhr abends tot. Nur ab und zu eine Dienstmagd, die den herrschaftlichen Köter an die Luft führt und sich von Baum zu Baum zerren läßt. Oder im Schattenkegel einer Laterne ein kaum sichtbares

Liebespärchen. Oder eine Katze, die wie ein Schatten über die Straße wischt und in einem Kellerloch verschwindet. Dazu vom Fluß eine weiche, kühle Nachtluft. In der Ferne ein Hund, der jault. Ein Fenster, das klirrend geschlossen wird.

Sonst ist alles still. Man kann seine Gedanken hören.

Hans steht plötzlich vor dem Gymnasium.

Was wollte er hier? Nichts. Wie kam er her? Er weiß es nicht. Es muß ein Magnet sein.

Der breite Kasten ist tot und dunkel. Nur am linken Flügel im zweiten Stock zwei erleuchtete Fenster: Knauers Wohnzimmer.

Hans steht davor und stiert hinauf. Da also sitzt jetzt die Familie. Wahrscheinlich die Mama mit dem Lesezirkel; und Eva spielt mit dem Vater Schach, muß sich einen Turm vorgeben lassen und dennoch verlieren. So verlangt es die väterliche Autorität.

Er war nicht gekommen, um Eva zu sehen. Das war um diese Zeit ganz ausgeschlossen. Außerdem wollte er das jetzt auch gar nicht. Auf keinen Fall! Aber es war ja immerhin möglich, daß Eva für den Vater Bier holen mußte. Das gibt es doch. Vielleicht hatte er Glück.

Warum stand er hier? Und warum bekommt Vater Knauer keinen Durst? Es war doch so warm heute.

Allmählich tut ihm der Nacken weh; er lehnt

sich gegen die Häuserwand. Ein später Radfahrer surrt vorüber. Irgendwo jammert ein Kind.

Die Fenster sind immer noch hell. Aber oberhalb, im dritten Stock, wird auch Licht. Es muß Evas Zimmer sein. Knauer hat keinen Durst bekommen. Eva geht zu Bett.

Das Licht in ihrem Zimmer bleibt. Im Wohnzimmer ist es jetzt dunkel. Sie muß längst ausgezogen sein. Vielleicht liest sie. Vielleicht ein Buch von ihm? So könnte er zu ihr sprechen, ohne daß sie es weiß. Er zittert bei dem Gedanken. Immer noch Licht. Vielleicht liest sie nicht – starrt gegen die Decke und ist traurig – und weiß, daß sie nicht schlafen wird.

»Sie da! Was machen Sie hier?«

Es war der Nachtpolizist.

Als Professor Crey am nächsten Morgen gegen halb acht erwachte, fühlte er einen perfiden Druck im Schädel und einen faden Geschmack auf der Zunge. Was war gestern abend gewesen? Ah so – richtig. Trinkfeste Leute übrigens.

Schnauz blinzelt mühselig nach dem Wecker. Erst halb sieben. Da hätte er ja noch ein halbes Stündchen. Merkwürdig hell heute.

Er wälzt sich auf die andere Seite und schläft schleunigst weiter. –

Inzwischen hatte sich die Oberprima, verstärkt

durch die Damen des Lyzeums, im Physiksaal versammelt und harrte ihres Lehrmeisters in der anbefohlenen bunten Reihe. Allerdings waren einige Plätze sachgemäß getauscht. Rosen hatte sich von seiner Schwester weggesetzt, und ebenso seine Schwester von ihm. Luck war an die große Lotte herangerückt und sah mit einem viertel Auge andachtsvoll an ihr empor. Knebel hatte Ilselotte gegen eine andere vertauscht, die weniger quietschte. Der riesige Husemann fand an einem kleinen, quecksilbrigen Püppchen Gefallen und lächelte wohlgefällig auf sie herab.

Hans Pfeiffer saß nicht neben Eva. Er hatte einen großen Karton mitgebracht und kramte in seinen Taschen.

Wo bleibt Schnauz?

»Den habe ich abbestellt«, sagte Hans beiläufig, nahm seinen Karton unter den Arm, holte aus dem Klassenschrank einen ramponierten Fußball und zog damit ab.

Vorsichtig schlüpfte er über den Gang und verschwand mit seinen Requisiten hinter einer Tür mit der Aufschrift: »oo Nur für die Herren Mitglieder des Lehrerkollegiums«.

Nach wenigen Minuten kam er wieder zum Vorschein. Wesentlich, wenn auch nicht zu seinem Vorteil, verändert.

Mit Hilfe einer strähnigen Perücke, mit zottiger Bartwolle und Mastix hatte er sich als Professor

Crey zurechtgemacht. Auf der rötlich geschminkten Nase sitzt ein goldener Zwicker, und aus der Brusttasche flattert ein überlebensgroßes Seidentuch. Den Fußball trägt er als Spitzbauch unter einer weißen Weste. Er hat alles frech übertrieben und sieht dem Schnauz so ähnlich wie eine unverschämte Karikatur.

Auf dem Wege zum Physiksaal hört er bereits den fröhlichen Krach der gemischten Physikstunde. Ein Sextaner, der ihm auf dem Gang begegnet, grüßt ehrerbietig.

Im Physiksaal ging es allerdings hoch her. Man hatte ein frisch-fröhliches Tänzchen arrangiert. Mitten auf dem großen, zinkbeschlagenen Experimentiertisch saß die Jazzkappelle, bestehend aus Rudi Knebel mit der Mundharmonika und dem roten Schrader, der auf Säureflaschen und Reagenzgläsern Schlagzeug spielte. Rundherum hopsten und torkelten die Paare. Die Primaner hatten durchweg noch keinen Tanzunterricht genossen und von dem Wesen des Tanzes sehr verschiedene Vorstellungen. Einige hielten die Partnerin mit langen, steifen Armen von sich ab und tanzten im Riesenkreis um sie herum. Andere hatten – offenbar zwecks Platzersparnis – ihre Mädel herzhaft an sich gequetscht, daß ihnen die Luft ausging. Akkermann aber, der mit den vielen Ehrenämtern, hatte alle Hände voll zu tun, um die Glasschränke und Gläsergestelle vor den Tänzern zu schützen. Nur Melworm saß einsam in seiner Bank.

Hans reißt die Tür auf und stelzt in den Physiksaal.

»Sätzen Sä säch.«

Die Klasse tut einen unterdrückten Schrei und stiebt auseinander. Zwei Sekunden Stille. Aber dann erkennt man den Scherz und begrüßt den nachgemachten Schnauz mit Indianergeheul.

Hans Pfeiffer verzieht keine Miene und setzt sich aufs Katheder, schlägt das Klassenbuch auf, trägt seinen Namen ein und beginnt den Unterricht à la Schnauz. Und die Klasse spielt mit. Es war eine köstliche Parodie; schade, daß der Schnauz sie nicht hörte. Er hätte Freude daran gehabt.

»Äva Knauer, stähen Sä auf. Warom lachen Sä? Ech ben heute abend bei Ehnen zom Ässen eingeladen. Bestellen Sä Ehrem Vater, ech ben ein alter Mann und gähe leber fröh ins Bette. Soll ech Ehnen den ongeratenen Schöler Pfeiffer als Verträter schecken?«

Eva wird blaß vor Wut. Sie zischelt etwas zwischen den Zähnen.

»Äva Knauer, sätzen Sä sech. Sä send albern. Ehnen fählt die settliche Reife. Ackermann schreiben Sä ens Klassenbooch – Äva Knauer wegen ongehörigen Benähmens – Lock wegen säligen Lächelns – und Knäbel wegen Beröhrens einer Schölerin.«

Ein wahrer Segen, daß das Zimmer des Direktors im entgegengesetzten Flügel des Gebäudes liegt und daß man dort nichts von der köstlichen Physikstunde und ihren Nebengeräuschen vernahm.

Im Zimmer des Direktors ging nämlich gerade ein feierlicher Akt vonstatten. Der Herr Oberschulrat war unvermutet zu einer Inspektion eingetroffen und stand inmitten der ihn begrüßenden und verbindlich lächelnden Lehrer. Sogar Bömmel sprach zur Feier des Tages hochdeutsch. Es war dem Schulrat zu Ohren gekommen, daß Professor Crey neuerdings die Disziplin seiner Klasse nicht mehr in gewohnter Weise hochzuhalten vermochte. Es war sogar irgend etwas von einem angeblichen Trinkgelage während des Unterrichts durchgesickert. Der Herr Oberschulrat ist überzeugt, daß es sich hier um eine Übertreibung handelt. Aber er möchte doch gern mit Professor Crey darüber sprechen.

Direktor Knauer will den Schnauz holen. Der Herr Oberschulrat winkt ab. Er will persönlich dem Unterricht beiwohnen.

Der kleine Trupp, wohlgeordnet nach Rang und Dienstalter, setzt sich in Bewegung. Der kurzsichtige Schulrat wird vom Direktor und Dr. Brett geführt.

Je mehr man sich dem Physiksaal nähert, desto deutlicher wird der Radau hörbar, das Geschrei rauher Primanerkehlen und die hohen Silberstimmen der Mädchen. Dem Direktor verschlägt es den Atem. Der Oberschulrat brummt etwas vor sich hin. Ja, ja, mit Professor Crey scheint es wirklich nicht in Ordnung zu sein; die Disziplin läßt zweifellos zu wünschen übrig.

Dr. Brett sucht den hohen Herrn durch lautes Sprechen abzulenken. Der hohe Herr läßt sich nicht ablenken. Er kaut grimmig an seinem Schnurrbart. Bömmel meint, ob der Herr Oberschulrat nicht die neuen Kletterstangen in der Turnhalle besichtigen wolle. Der Oberschulrat will nicht die Kletterstangen in der Turnhalle, sondern Professor Crey sehen. Die Katastrophe ist nicht mehr abzuwenden.

Hans Pfeiffers parodistische Leistung hat inzwischen ihren Höhepunkt erreicht. Die Bande ist einfach nicht zu halten. Er schreit sich die Kehle wund. Diktiert höchste Arreststrafen und droht, den Herrn Direktor zu holen. In diesen Höllenlärm hinein schreitet die hohe Kommission.

Es ist bewundernswert, wie schnell sich in solchen Fällen ein ohrenbetäubender Lärm in Grabesstille und eine tobende Horde in sittsame Musterknaben verwandelt. Im Nu sitzen alle säuberlich auf ihrem Platz und schauen mit großen, blanken Augen in die Luft.

Nur für Hans Pfeiffer gab es keine Rückzugslinie. Er stand in seiner Maskerade hilflos vor der Klasse und versuchte, in die Erde zu versinken. Da ihm das nicht gelang, begnügte er sich damit, zur Plastik zu erstarren.

Auch auf die Mitglieder des Lehrerkollegiums blieb die Szene nicht ohne Eindruck. Der Direktor verfärbte sich wie ein Chamäleon, und auch seine Zunge gemahnte an dies seltsame Tier, indem sie ohne Knauers Zutun sieben-, achtmal aus dem Mund und zurückschnellte. Fridolin befürchtete den Weltuntergang. Auch dem verständnisvollen Brett ging der Spaß über die Hutschnur. Bömmel erstickte in einem Hustenanfall.

Aber noch ehe Direktor Knauer einen Ton herausbringen kann, ist der kurzsichtige Schulrat auf den vermeintlichen Professor Crey zugeschritten und beginnt, ihn jovial zu begrüßen.

»Freut mich außerordentlich, Sie wiederzusehen, lieber Crey. Das ist wohl etwas her, daß wir uns zuletzt gesehen haben. Sie sind etwas schlanker geworden. Wenigstens obenherum. Mehr nach unten möchte man eher das Gegenteil behaupten. Das kommt mit den Jahren. Ja – lassen Sie sich bitte nicht stören, Kollege Crey. Sie hatten wohl eben einen Scherz erzählt. Muß auch sein. Muß auch sein. Humor würzt das Leben. Bitte, fahren Sie im Unterricht fort!«

Endlich hat sich der Direktor soweit erholt und will ein Ende machen. Aber Bömmel hält ihn am Rock fest: »Am beste is, mer sage nix und lasse de Pfeiffer weitermache.«

Das leuchtete dem Direktor ein. Er sagte nichts. Er war ohnehin nicht für Konflikte und ließ Pfeiffer weitermachen. Aber Pfeiffer funktionierte nicht. Hilfesuchend blickt er in die Runde.

»Also bitte, fahren Sie fort«, wiederholte der Oberschulrat und zog sich auf eine Bank zurück.

Hans Pfeiffer kapiert immer noch nicht. Der Direktor machte ihm verzweifelte Zeichen. Hans Pfeiffer ist wie vernagelt. Er war sicher ein frecher Hund, aber hierfür langte es nicht.

Da bekommt der Direktor von Bömmel einen Anstoß, er tritt dicht an Hans Pfeiffer heran und flüstert ihm zu: »Pfeiffer, ich flehe Sie an: Lieber Pfeiffer, fahren Sie fort! Spielen Sie das Theater weiter! Der Oberschulrat darf nichts merken! Ich will hier keine Konflikte.«

Endlich hat der nachgeahmte Schnauz verstanden. Oder hat er sich bisher nur dumm gestellt? Und so fährt er nunmehr auf die ausdrückliche Weisung seines Direktors im Unterricht fort und spielt die Komödie weiter. Und hält eine Chemiestunde im Sinne Creys.

Er strengt sich gewaltig an. Er gibt sein Letztes her. Er vermeidet jede Übertreibung und kopiert den Schnauz so vollendet, daß allmählich die Klasse mitgeht. Auch der Schulrat nickt ihm von Zeit zu Zeit zu. Sein vorgesetzter Groll ist verschwunden. Er findet Creys Unterricht modern, frisch, gelockert und humorgewürzt. Man hat es ja häufig, daß die Kopie besser gefällt als das Original.

Aber es ist unsagbar anstrengend für Pfeiffer, nicht aus der Rolle zu fallen. Der Scherz wird zur Qual. Der Schweiß steht ihm auf der Stirn; das riesengroße Taschentuch tritt immer häufiger in Funktion. Von Zeit zu Zeit hält er ermattet inne. Die Stimme macht nicht mehr mit.

Aber dann raunt ihm der Direktor zu: »Durchhalten, Pfeiffer! Durchhalten! Lassen Sie mich nicht im Stich! Sie werden nicht bestraft, ich gebe Ihnen mein Ehrenwort!«

Pfeiffer schöpft neuen Mut und reißt sich zusammen.

Er wird sogar übermütig.

»Fahren Sä fort, Pfeiffer.«

Der Schüler Pfeiffer antwortet nicht.

»Wo stäckt där Pfeiffer? Natürlich fählt er wieder, dieser Borsche. – Schade, Herr Oberscholrat, ich hätte Ehnen so gärn den größten Flägel der Anstalt vorgeföhrt. Schade.«

In der Klasse beginnt es verdächtig zu glucksen. Knauer schwitzt Blut und Wasser. Brett versteckt sich hinter seinem Taschentuch. Bömmel röchelt.

Der Schulrat möchte etwas von den Damen hören. Hans ruft Eva Knauer auf. Sie versagt, ist vollständig verstört. Und wieder reitet ihn der Teufel. Es ist vielleicht das letztemal, daß er zu ihr reden kann.

»Äva, ech ben met där onzufreden. Du gähst den Dingen necht genögend auf den Grond. Es est necht alles Gold, was glänzt, aber auch necht alles Dreck, was donkel est. Der Steinkohlentäär est eine schmotzige, kläbrige Substanz und armsälig ond schwarz wie eine Schölermötze; und doch stäcken en ehm die ädelsten Stoffe.«

Der Herr Oberschulrat wundert sich über das Du. »Sind Sie mit Fräulein Knauer verwandt?«

Pfeiffer weiß keine Antwort. Aber der Direktor weiß sie: »Gewiß, Herr Oberschulrat, nicht gerade verwandt, aber sozusagen –«

»Verlobt«, ergänzt Hans.

»Verlobt«, bestätigt der Direktor.

Hans nimmt die Glückwünsche des Oberschulrats entgegen und fährt seufzend im Unterricht fort. Bald ist es überstanden. –

Just um diese Zeit fuhr der echte Crey aus dem Schlaf hoch. Er träumte gerade, seine bösen Primaner hätten ihm den Physiksaal in die Luft gesprengt.

Es war aber nur die Wirtin, die wie wild gegen die Tür bollerte.

»Herr Professor! Herr Professor! Es ist gleich halb neun!«

Crey warf einen Blick auf den Wecker. Crey warf einen Blick auf die Nippesuhr mit der geflügelten Jungfrau. Crey sprang aus dem Bett und hängte seinen Oberleib zum Fenster hinaus: Die Turmuhr zeigte halb neun.

Crey stieß, aller Gewohnheit zuwider, einen tiefempfundenen Fluch aus, stürzte sich, so rasch es sein verkaterter Kopf zuließ, in seine Kleider und raste unrasiert und ohne gefrühstückt zu haben zum Gymnasium. –

Die Eile war durchaus überflüssig. Man kam sehr gut ohne ihn aus. Man entbehrte ihn nicht im geringsten.

Der Herr Oberschulrat war mit dem nachgemachten Crey und seinem Unterricht vollauf zufrieden. Auch die Disziplin schien in Ordnung. Er begann sich zu verabschieden.

Es war höchste Zeit. Hans Pfeiffer war am Ende seiner Kraft. Ein allgemeines Aufatmen ging durch den Raum. Direktor Knauer aber wischte sich den Schweiß von der Stirn. Er hat die schwerste Stunde seines Lebens überstanden. So glaubte er.

Es wäre ja auch alles gutgegangen, wenn nur der Schulrat sich ein klein wenig mehr beeilt hätte oder der echte Schnauz nicht wie wahnsinnig die Treppe heraufgestürzt wäre.

Aber gerade in dem Augenblick, da der Direktor zusammen mit dem »Kollegen Crey« den Oberschulrat zur Tür hinauskomplimentiert, kommt der echte Crey angefegt und prallt seinem Doppelgänger vor den Fußballbauch.

Hoppla!

Nun stehen sie sich gegenüber: Schnauz I und Schnauz II. Es ist wie im Spiegel. Beide mit der gleichen Weste, dem gleichen Bäuchlein, dem gleichen großen Taschentuch, mit dem gleichen Spitzbart, dem gleichen Zwicker. Stehen sich leibhaftig gegenüber und funkeln sich an. Fressen sich gegenseitig mit den Augen. Sagen kann keiner etwas.

Es ist ganz still. Niemand lacht. Es ist erschütternd; man kann nicht lachen.

Bömmel, Brett und Fridolin ziehen sich unauffällig zurück. Der Direktor sieht glühende Brezeln vor den Augen. Zweimal Crey, das ist zuviel für den alten Mann. Das Gehirn geht ihm laufen. Er denkt im Kreis. Er denkt nur noch: Wie mag das ausgehen?

Aber vorläufig geht es noch gar nicht aus. Im Gegenteil, es fängt erst richtig an.

Hans Pfeiffer denkt nicht daran, das Feld zu räumen. Durchhalten, hat der Direktor zu ihm gesagt, durchhalten! Das will er, fürwahr!

Inzwischen hat der echte Schnauz die Sprache wiedergefunden.

»Sä onverschämter Flägel!«

»Sä bodenloser Frächleng!« tönt es zurück.

»Ech lasse Sä einspärren!«

»Ech lasse Sä einspärren!« schreit das Echo.

»Herr Direktor, ech bette Sä –«

»Herr Direktor, ech bette Sä –«

Der Dialog beginnt symmetrisch zu werden. Genau wie das Bild.

Der beiderseits zu Hilfe gerufene Direktor aber

hält sich draus. Er bewahrt seine Unparteilichkeit. Er ist nicht für Konflikte.

Der Oberschulrat hatte längst bemerkt, daß etwas nicht in Ordnung war. Er wischte seine Brille, prüfte seinen Klemmer. Aber daran konnte es nicht liegen. Es war kein Zweifel, der verehrte Kollege Crey war doppelt vorhanden. Übrigens konnte man das ja auch ganz deutlich hören. Denn die beiden Schnäuze brüllten unaufhörlich aufeinander ein. Keiner wollte nachgeben.

»Sä Borsche!«

»Sä Flägel!«

»Sä Lömmel!«

»Sä Jongäh!«

Schnauz contra Schnauz!

Der Schulrat stellt die berechtigte Frage, wer der richtige ist.

»Ech, Herr Oberscholrat!« schreit der echte.

»Ech, Herr Oberscholrat!« überschreit ihn der unechte, »denn ech ben zoerst hier gewäsen!«

Der Schulrat wendet sich an den Direktor.

Der Direktor tut, als wäre er nicht da. Der Schulrat wendet sich an die Lehrer. Die sind weit im Hintergrund. Der Schulrat wendet sich an die Klasse. Sie ist wie vermauert.

Inzwischen nähert sich der Wortstreit seiner Entscheidung. Es ist wie immer im Leben: Den Ausschlag gibt die stärkere Lunge. Und die hat Hans Pfeiffer.

Der echte Schnauz wird immer leiser und kläglicher. Warum hilft ihm keiner? Was ist los? Er wird an sich selbst irre. Vielleicht war er gar nicht der richtige? Allmählich gibt er den Widerstand auf und bestreitet nicht länger, der scholdbeladene Schöler zu sein. Er ist zu Ende. Zu Ende mit der Stimme und den Nerven.

Nun weiß auch der Oberschulrat, woran er ist. Er vereinigt seine immerhin noch beträchtliche Stimme mit der des Hans Pfeiffer. Mit vereinten Kräften geben sie dem armen Schnauz den Rest. Er wird in Atome zerrieben und läßt alles über sich ergehen. Nur als ihm der Oberschulrat höchst eigenhändig mit zorniger Hand den vermeintlich angeklebten Bart aus dem Antlitz reißen will, erhebt er einen leisen, aber nicht unberechtigten Protest.

Dann wird er seinem Schicksal überlassen und kauert sich auf eine Bank. Von Zeit zu Zeit kneift er sich in die Beine, um festzustellen, ob er träumt.

Inzwischen hat sich der Oberschulrat auf einen würdevollen Abschied besonnen.

»Direktor Knauer, von Ihnen erwarte ich umgehend – hm – Bericht über den unmöglichen Vorfall. Ich darf wohl als selbstverständlich unterstellen, daß dieser – hm – ungeratene Schüler unverzüglich von der Anstalt entfernt wird.«

Er schleudert dem zerfransten Professor einen Blick tiefster Verachtung zu und stapft von dannen. Die Tür läßt er weit hinter sich offen.

Fünf Sekunden lang nichts. Man schaut sich an. Man erwacht. Man kommt zur Besinnung.

Direktor Knauer erholt sich zusehends. Er weiß, was er jetzt zu tun hat. Er klammert sich an seiner blauen Mappe fest, wuchtet auf Hans Pfeiffer los –

»Sie!«

»Bitte?«

»Sie!«

»Jawohl.«

»Siiie!!!« Und läßt auf Hans Pfeiffer ein Gewitter niederprasseln, daß die Flaschen im Chemikalienschrank springen und die Fliegen von der Dekke fallen.

Hans Pfeiffer ist inzwischen mit der Abmontierung seines Spitzbauches fertig; er lächelt wie ein Knäblein in der Wiege und läßt das Donnerwetter über sich ergehen wie einen sanften Regenschauer, der am Gummimantel herunterläuft.

Der Direktor ist zu Ende. Teils mit dem Atem, teils mit dem Vokabularium. Aber es war eine pädagogische Spitzenleistung.

»Darf ich noch etwas bemerken?« fragt Hans bescheiden.

»Sie halten den Mund!«

»Darf ich noch etwas bemerken?«

»Scheren Sie sich nach Hause. Sonst hole ich die Polizei.«

»Das wäre sehr unfreundlich von Ihnen, Herr

Direktor, um nicht zu sagen, undankbar. Wo ich Ihnen doch so nett aus der Patsche geholfen habe.«

»–??«

»Sie haben mich doch darum gebeten. Durchhalten, lieber Pfeiffer, haben Sie gesagt. Spielen Sie das Theater weiter, haben Sie gesagt. Lassen Sie mich nicht im Stich, haben Sie gesagt, der Oberschulrat darf nichts merken. Ich habe Sie nicht im Stich gelassen. Ich habe weitergespielt. Und der Oberschulrat hat nichts gemerkt. – Aber ich habe es gern getan, Herr Direktor, Ihretwegen.«

»Pfeiffer, Sie sind das Unverschämteste, was ich im ganzen Leben –«

»Lassen Sie stecken, Herr Direktor. – Aber dann wäre ja auch noch das Ehrenwort.«

»Wa–a–as?«

»Sehr richtig. Ihr Ehrenwort, mich nicht zu bestrafen! Die Herren und Damen sind Zeugen.«

Die Klasse brüllt Zustimmung.

Der Direktor versucht es anders herum. Er verhandelt: »Lieber Pfeiffer, das müssen Sie doch einsehen, Sie haben gehört, was der Oberschulrat gesagt hat. Wenn ich Sie nicht von der Anstalt verweise, bin ich als Direktor erledigt und muß gehen.«

Das will Pfeiffer nun auch nicht gerade.

»Herr Direktor, ich mache Ihnen einen Vergleichsvorschlag: Sie dürfen mich nach Herzenslust bestrafen, Sie dürfen mich mit Schimpf und

Schande von der Anstalt verweisen und was Sie sonst noch wollen. Ich entbinde Sie von Ihrem Ehrenwort – wenn Sie wenigstens ein anderes Wort halten: Sie haben vorhin vor dem Schulrat feierlich bestätigt, daß ich mit Ihrer Tochter verlobt bin. Einverstanden!«

Knauer sieht sich im Kreis um und zeigt mit dem Daumen auf Hans. »Der ist größenwahnsinnig geworden.«

»Schön. Dann also nicht. Es war ja nur ein Vergleichsvorschlag. Dann bleibt es also bei dem Ehrenwort. Sie werden mich nicht bestrafen, nicht einmal ins Klassenbuch dürfen Sie mich schreiben; aaaber – wie Sie dann mit dem Oberschulrat zurechtkommen – was das Provinzialschulkollegium dazu sagen wird, daß Sie mich hier vor versammelter Klasse den Schnauz haben spielen lassen –«

»Pfeiffer, das ist Erpressung!«

»Natürlich. – Also schlagen Sie ein!«

Er reicht seine Hand. Der Direktor zögert noch. Da tut es einen Jauchzer aus der letzten Bank; Eva ist über sämtliche Köpfe und Bänke hinweg nach vorn geturnt, faßt ihres Vaters Hand und drückt sie in Pfeiffers.

Knauer läßt es geschehen. Er ist nicht für Konflikte. Aber er hat Kummer: »Jetzt bekomme ich einen Schwiegersohn ohne Abitur.«

»Das macht nichts«, schreit Eva und hängt an Pfeiffers Hals, »wir werden uns schon durchschlagen. – Außerdem will er vielleicht Schriftsteller werden.«

»Mit Vier plus im Deutschen?« jammert Papa Knauer.

Ein wilder Kreis umdrängt den Sieger. An die dreißig Arme, helle und braune, winken Beifall; an die dreißig Stimmen, silberne und rauhe, jubeln ihm zu.

Hans Pfeiffer wächst sichtlich in die Höhe.

»Jetzt habe ich's geschafft: Ich fliege von der Schule und bekomme die Eva – ich, der Primaner Hans Pfeiffer. Was zu beweisen war. – Übrigens, das hätte ich fast vergessen: Hier ist mein Reifezeugnis, hier mein Doktordiplom, hier die Abrechnung meines Verlegers und hier, mein lieber Schwiegerpapa, was Sie am meisten interessieren dürfte, mein Einkommensteuerbescheid.«

Aber nun kommt das traurige Happy-End:

Hans Pfeiffer ist nicht von der Schule geflogen. Und er hat auch die Eva nicht bekommen.

Das ging auch nicht. Denn Hans Pfeiffer war auf gar keinem Gymnasium. Und sein Direktor hatte auch keine Tochter.

Hans Pfeiffer war überhaupt niemals in Babenberg.

Denn Babenberg gibt es gar nicht. Und solche Gymnasien, mit solchen Magistern und solchen

Lausbuben, gibt es erst recht nicht. Hat es auch niemals gegeben – oder höchstens im Verschönerungsspiegel der Erinnerung.

Hans Pfeiffer, über dessen mangelnde Wahrheitsliebe verschiedentlich geklagt werden mußte, hat die ganze Geschichte von A bis Z erlogen. Frei erfunden wie alle seine Geschichten. Sogar sich selbst, mitsamt Marion und Literaturpreis, hat er erfunden.

Wahr an der Geschichte ist lediglich der Anfang: die Feuerzangenbowle.

Wahr sind auch die Erinnerungen, die wir mit uns tragen; die Träume, die wir spinnen, und die Sehnsüchte, die uns treiben. Damit wollen wir uns bescheiden.